學英文!?
這些 動詞·介系詞
就夠了!

作者:權恩希
譯者:李靜宜

WoW

WoW

前言

老美講的英語都很簡單！
只用動詞、介系詞！一次搞定！

首先，將下列中文翻成英文

01 調查 …………………… 　　02 消失 ……………………
03 離開，放棄 …………… 　　04 喜歡，陷入 ……………
05 訪問 …………………… 　　06 約會 ……………………
07 拒絕 …………………… 　　08 輕視 ……………………

你的答案是否如下：1. investigate, survey 2. disappear 3. leave,quit
　　　　　　　　4. like, fall 5. visit 6. date 7. reject, refuse 8. ignore
如果是，代表你的英文不夠道地。

老外會這樣回答：1. look into 2. go away 3. walk out 4. be into
　　　　　　　　5. come over 6. go out 7. turn down 8. look down (on)
究竟為什麼會這樣呢？

為什麼老外會用動詞和介系詞來表達呢？

對中文來說，如果有了一個概念，就會針對該概念創造出合適的單字來對應使用，但英文是由基本單字的概念擴充成其它意義的；換句話說，就是從原有的意思衍生出其它附加的意思。若在字典裡查詢 get，會發現有多達三十幾種意思，像是「收到、得到、受到、接通、說服、搭乘、準備用餐」等等。當然也有直接以 obtain、connect、persuade 等用來表示的單字。事實上在口語當中，是以像 get 這類的基本動詞來表達的），所以表達警察「調查」事件時，老外並不會使用 investigate，而是使用具有「窺視內部」意思的 look into；而「消失」是以 go away 來代替 disappear；「去除」也不是用 remove 或 discard 表示，而是使用 put away。

看完上面的敘述，你是否還發現另外一件事情？那就是為了讓動詞的意思能更

進階的延伸，會與介系詞一起使用；主要是因為介系詞可以表達出更多種意思，非知道不可的介系詞大概有三十幾個，比起死背三千個動詞單字，可說是好處多多，效果也更棒。想學好英文，不是可以倒背如流的把三萬三千個單字背出來，而是利用三十幾個動詞與三十幾個介系詞表達出三萬三千種以上的意思。

搞懂動詞與介系詞的基本概念！

該怎麼學習動詞與介系詞呢？常用的動詞和介系詞約有三十幾個，動詞和介系詞結合後，約能產生數百個片語，這些片語各自能表達出數十種意思，加總起來就有數千種意思。那麼老美也是靠死背的方法嗎？並不是，老美們會先掌握這些單字的基本概念，然後再套用於各種情況，所以我們也該先在腦子裡把一些基本概念融會貫通，才能徹底活用。

舉例來說，通常我們會把 get off 理解為「下車」，其實 get off 光是常用的意思就多達十幾種，要把所有的意思全背下來，似乎是不可能的，其實只要記住基本概念，就能夠以此類推。

get off

我們知道 get 有「得到」的意思，但是它的基本概念其實是「移動」，off 的基本概念則是「從某處離開」，因此 get off 的基本概念為「移動離開」以及「移動落下」，若某人沒有經過我的同意想要碰觸我，請他「把手移開」時，英文可以說 Get off！對著整天賴在沙發上無所事事的丈夫可以說：Get off the couch，意指「移動身體離開沙發」，也就是要對方「從沙發起來去做點事情」；下班意味著「離開工作」，因此可以說 get off work；把戒指從手指頭上摘下來也是「讓戒指脫離手指頭」，可以說 get the ring off；此外，對著徹夜與男朋友熱線的女兒，可以說 get off the phone，就是要她「移動身體離開電話」，即掛電話的意思。

get off the couch

get off work

get the ring off

如果把 get off 死記為只有「下車」的意思，肯定無法理解 get off 的其它用法。現在開始把學習焦點瞄向基本概念的理解，那麼不論在什麼樣的情況下，都可以推敲、理解出意思，甚至還可以活用自如。

理解概念，圖解是良方！

你一定會發現，一幅直覺式的圖畫勝過一百句解釋，這本書裡的插圖並不單單只是在描寫狀況，而是集結了作者過去十幾年的授課經驗，化抽象為具體的圖說，with 以 ✚，over 以 ⌒ ，against 以 ◄► 表示，不斷反覆以圖說來解釋各種介系詞與動詞，到最後光看圖也能推敲出其代表的意思。請試著以本書一千多個附圖進行自我訓練，日後只要看到動詞句型，就能像英美人士一樣，腦海裡自然浮現出影像。

I was into coffee.
我對咖啡著迷。

I got over him.
我忘了他了。

Put her **on** the phone.
把電話拿給她聽。

放膽挑戰原文書與美國影集！

K 完本書後，當你再看美國影集或電影時，會發現明明句中有些單字沒背過，也不再像以前那樣鴨子聽雷，竟瞬間能聽懂一二，好像任督二脈被打通了一般；只要掌握了基本的概念，即使動詞跟介系詞像連珠砲那樣不斷的出現，也能自然而然明白整句話的意思；又或者你手邊有曾經讓你灰心喪志的原文書嗎？不妨再重新翻出來讀讀看，你會驚訝地發現，文章裡的動詞與介系詞突然變得一目了然。

唸英文的時候，我們知道動詞是一個句子的固定班底，這些動詞跟介系詞相互配合就會衍生出各式各樣的意思，我們一定要知道這種原理。期待著可以自然又輕鬆使用動詞和介系詞的那一天到來，這次就好好認真的研讀一下本書吧！

權 恩 希

連多益PART5, 6都能搞定！

進入大學後，我開始準備多益考試，文法題目的 PART 5,6 實在有太多陷阱了，我又不可能把所有的片語都背下來，尤其是要選出 by、for、to、with 的選擇題，我總是閉起眼睛，亂槍打鳥的猜答案。就在一籌莫展的時候，我發現了這本書！這本書從介系詞最基本的意義開始解釋，還用插圖的方式說明動詞結合介系詞時會變成什麼意思，就算沒有刻意去背，也能夠自然記住。現在多益考題中，不管出現什麼介系詞問題，我都能輕鬆面對了。

金洙貞（21，大學生）

搞懂基本意思後，根本就不必再死背片語！

The alarm went off. 是什麼意思呢？若以 on / off 的概念去判斷，通常會把這句話誤認為「鬧鐘關掉了」的意思；Off 除了有「分離後離開的狀態」的基本意思，也意味著「從主體離開往外」；但其實意思完全不同，The alarm went off. 指「鬧鐘的聲音往外傳開來」，也就是「警報響起」的意思。當我了解介系詞的基本意思後，便養成了會不自覺去推敲片語意思的習慣；從今以後，不必再死背那些多如牛毛的動詞與介系詞的組合，還可以培養出推敲詞意的能力呢！

趙賢京（35，研究生）

把人耍得團團轉的動詞、介系詞終結者！

只要好好學過一次動詞與介系詞，包準受用一輩子，即使數量不多，但都是很常用到的字，坊間的書只顧著把片語列出來，連個簡單的說明都沒有，每次翻不了幾頁就半途而廢了。這本書真的很與眾不同，除了舉出最常使用的動詞與介系詞以外，每個片語都附有趣味圖說，就算是記憶力差的人，也能把意思深深地刻在腦海裡。大力推薦給正在苦讀原文書、練習英語會話與寫作的人。

金相日（29，上班族）

看圖學習真有趣！

這本書把如此重要的動詞與介系詞用圖說的方法表達，有效的幫助讀者加深印象，比起用一連串的話來做說明解釋，看圖學習的方式能讓記憶力維持更久，用法也更加簡單明瞭！如果要我說組成英語句子最重要的詞性是什麼，我一定會說動詞與介系詞。只要正確了解動詞與介系詞，即使句子裡出現沒有學過的單字，也能推敲出大概的意思，這麼一來也就不難看懂一個句子了。

朴相德（34，移民準備中）

從生活裡繃出來的例句，馬上現學現賣！

這本書裡的趣味例句跟插畫著實讓我捧腹大笑，每個爸媽都會對子女做出的經典威脅是什麼呢？就是不給零用錢，說明這句話時還伴隨著一幅用剪刀把「錢」剪斷的說明圖，讓我們知道 I'm cutting you off. 的用法。所有人妻的心願，就是希望老公「把愛妻擺在老媽的前面」，英文是 Put your wife before your mother.。另外若聽到誰誰誰懷孕的消息，我們都會問：「是兒子還是女兒？」，這時只要回答：It turns to be a boy / girl 即可，我只能說這真是一本與生活息息相關，簡潔易學的語言書呢！

金慶順（30，上班族）

介紹本書

暖身運動

英語的介系詞並不多，本書裡提到的三十幾個就很夠用。本書主要以圖說的方式解釋基本概念與例句，介紹到的內容也會反覆出現在各學習單元裡，因此讀者對此部分可以用輕鬆的心情帶過。

Part 1. 基本動詞

人每天要吃三餐，英語也有每天一定會用到的基本動詞！有些動詞本身就有數十個意思，這個單元主要在介紹與介系詞搭配時，衍生最多種意思的動詞！

Part 2. 核心動詞

這個單元主要在介紹像 look（看）、give（給）、pull（拉）、break（打破）這些有具體意思的動詞。這些動詞與介系詞結合後，會迸出更多不同的意思。

Part 3. 必備的的動詞

這個單元主要在介紹替意思相關連的動詞進行配對的學習法，例如 pick（拾起）與 drop（掉落）、hang（懸掛）與 stand（站立）等等，只要掌握好這二十三個動詞，你就能成為名符其實的英語達人。

介紹MP3

本書 MP3 特色

1. 收錄了本書所有的例句，可以聽可以跟著唸，連英語會話都幫你順便搞定。

2. 只要有附錄的 MP3 就能開始學習。

3. 分門別類統整，幫助讀者更快找到想要學習的片語，也可跳過已經完全掌握的片語。

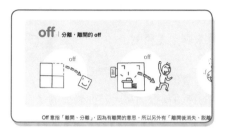

STEP 1 理解動詞的基本意思

有些動詞多達數十種意思，要到民國幾年才背得完？別擔心，只要充分了解動詞的基本概念，再理解其它延伸的意思，自然就不是難事，而且還有圖說幫助理解呢！

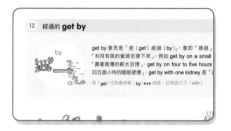

STEP 2 當動詞遇到介系詞

光是動詞就已經夠複雜了，若再加上介系詞，如同擦出愛的火花，會生出更多意思；試著去了解動詞與介系詞結合而誕生的片語，只要了解動詞與介系詞各自所代表的意思，就能輕鬆推敲出片語的意思。

STEP 3 牛刀小試

或許你自認為都已經學會了，直到做練習題時才發現，見山不是山，見水不是水，這就是學習語言常遇到的狀況。為了能更有效掌握學過的內容，本書列了許多練習題，以口語常用句與對話的形式呈現，連寫練習題都變有趣了。

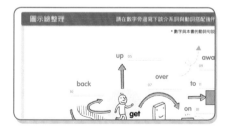

STEP 4 圖示總整理

每個單元最後都有一個圖示總整理，把前面學過的片語全部以一張圖示表現出來，讓讀者在腦海中能再次做總複習。可以將這個圖示影印起來隨身攜帶，可說是整本書所有內容的超級濃縮版。

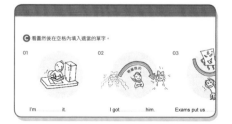

STEP 5 Weekly Quiz 總複習

根據「艾賓浩斯的記憶曲線」（The Ebbinghaus Forgetting Curve），人在學習過後的一週，學過的內容有 80% 會消失，這一單元列了琳瑯滿目的題目，讀者們可以每隔五天就藉由 Weekly Quiz 進行複習。如此設想周到的學習書，只要循序漸進的跟著學習，效果是無庸置疑的了！

誰適合讀這本書？

想跟英語重修舊好嗎？

你已經放棄英語很多年，最近想要捲土重來嗎？是否對於該從單字還是文法開始而感到百般苦惱？如果你的目的不是到英語系國家留學，其實只要讓之前會的單字、文法回鍋就很足夠了！事實上，老美們說的英語都很簡單，若你想要的是偏於實用的聽說讀寫，那就從老美們整天掛在嘴邊的動詞跟介系詞開始吧，在短時間之內，一定可以說得跟老美一樣好。

美國影集、電影中出現的每個單字都學過，但怎麼組合起來就不認識了？

在看美國影集、電影時，再怎麼認真聽，也聽不出意思來？明明字幕上都是學過的單字，但是整句組合起來依然是丈二金剛摸不著頭緒，其實原因就在於沒有能力推敲動詞跟介系詞組合後產生的意思。這本書主要先讓讀者了解動詞與介系詞的基本概念，繼而產生推敲的能力，了解動詞與介系詞搭配形成的意思。

連簡單的英文也說不出口嗎？

多益的分數明明考很高，困難的、複雜的單字跟句子也背了不少，站在老美的面前，卻還是擠不出幾個字？那是因為只把學習的重心放在文法、文章上的緣故，想要開口說英語時，腦袋瓜裡總是只想到文法、艱澀難懂的單字，嘴巴張了老半天，卻勉強只能擠出發語詞。這本書的內容都是老美們每天會用到的單字跟片語，多是過去被國人打入冷宮的部分，例句也是日常生活的用語，都是可以現學活用的，再搭配 MP3 一起雙管齊下，這樣的學習方式一定更有效果。

對於習慣視覺學習的人

每個人所適合的學習方式都不一樣，有些人喜歡有聲的學習資料，有些人則喜歡視覺的學習法，而今現代因為科技發達的因素，步入了影像資料的時代，比起單單以文字、聲音的說明，影像視覺的學習效果是最有效的。本書收錄的一千多幅說明圖，比起任何文字說明都要簡單、明瞭。

有沒有可以念到底的書？

買來的書只翻了前幾頁嗎？

耐著心把整本書看到完、不斷反覆地看是很重要的！

1

跟看小說一樣，興致盎然的看完它！

把書買下來的那一瞬間總是野心勃勃！總在心裡吶喊著：「這次我一定要把書讀到最後一頁！」但是這樣的雄心壯志往往在翻了幾頁後便黯然消失。你覺得很奇怪，總是在看書的時候容易感到心力交瘁，好像鬼打牆一樣，怎麼讀也讀不到最後一頁，針對這樣的「症頭」本書也有解藥。暖身運動單元中所介紹到的動詞和介系詞，會一直重複出現，或許剛開始還一知半解，看到最後就會自然而然理解吸收了。先把想要逐字細看、背下所有例句的野心收起來，以看小說的心情一天進行兩到三個單元，依此速度直直看下去即可，若等不及想要多學一點，可以先暫時跳過「牛刀小試」跟「Weekly Quiz」單元。

2

當作在看漫畫，先看圖案就好！

整本書看過一遍後會產生成就感吧？第二階段建議以快速瀏覽的方式帶過，一面看著書中一千多幅插圖一邊試著從中猜測、推敲出意思，對於第一次就學會的內容，現在看到圖說就能立刻聯想，就像拿著繪本為小朋友講解一樣，看著書本裡的插圖，喃喃說出該片語所代表的意思，假如你已經可以對別人解釋這些片語，那就表示你是真的懂了。

3

聽千遍也不厭倦的 MP3！

這本書裡的例句皆是口語常用句，都是道地老美們在日常生活中常聽、常說的，乍看之下很簡單，但也常常是遇到狀況時不曉得該怎麼說的句子，只要反覆聽這些例句的準確發音然後跟著唸，一定可以說的跟老美一樣好。

| Part 1 | **基本動詞學習篇**

| Part 2 | 核心動詞訓練篇

| Part 3 | 必備動詞應用篇

學過一次就能
終生受用的介系詞

英文嚇嚇叫的 secret，

取決於是否有將介系詞運用自如的能力，

介系詞在英語當中佔了絕對比重，

徹底了解過去只知其一卻不曉其二、不懂該怎麼用的介系詞，

讓自己搖身變成介系詞達人！瞬間聽說讀寫四大技能 Up ！

打好英語基礎的介系詞暖身運動，你準備好了沒？

up | 上去、靠近、增加的 up

up 意指「往上移動」，具有「位置變高、往上提、往上立」的含意；除此之外，還可以用來指「數值或量的增加，動作強度的增加、增強」以及「動作完全做到底、做到完」；因為位置往上升的緣故，從「原本看不到的東西浮出臺面」，延伸為「出現、靠近」的意思。

· Get **up** out of my seat. 離開我的位子。
· The price of milk has gone **up**. 牛奶價格上漲了。
· Something came **up**. 有事情發生了。

down | 向下、減少、固定的 down

down 意指「向下」，表示「位置上變低、把某物放下、降低身體、數值，或強度上的減少」；若是情緒低落，則意指「灰心、失望」；活動性減少意味著「睡覺的、身體狀態不佳的、死的、壞掉的」；從把某物放下的意思中，延伸出有「將某物固定、寫下來、當成事實」的意思。

· Put me **down**. 放我下來。
· I'm **down** with the flu. 我得了感冒病倒了。
· Take it **down**. 把它寫下來。

into | 進到裡面、變化的 into

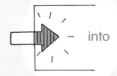

into 意指「往內」，可用來表示「從外面進到裡面、陷入某種情況、撞到……」。如果是進入其它的狀態，則意指「變化」。

- I put my heart **into** the food. 我把心力投注於食物中。
- Don't make this **into** a big thing. 別把這個變成大問題。

in | 在裡面的 in

in 指「在裡面」，在「某時間、某空間、某狀況的範圍之內」。因為是進到裡面，所以延伸為「加入、參與」的意思。

- You can't come **in**. 你不能進來。
- I don't want to get **in** trouble. 我不想惹上麻煩。
- Are you **in**? 你也要加入嗎？

out | 在外面的 out

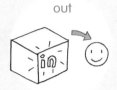

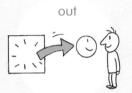

out 原本指「在外面」，延伸為「時間或位置在外面」以及「在某種狀況或狀態之外」，因為是走到外面，所以也有「出去、送走」的意思；另外，掉頭髮、脫落、情報、消息往外走漏等等，也是用 out 來表達。又因為有從裡面出來到外面的意思，也有「顯眼、出現」的意思。

· I brought **out** some wine. 我帶來了一些葡萄酒。

· I'm **out** of debt. 我償清債務了。

· This color will bring **out** your eyes. 這個顏色會讓你的眼睛更出色。

on | 依附在一起的 on

on 表示「依附在……」，依附在衣服上就是「穿」，依附於藥物表示「服用」，依附在工作上是「工作的」，若依附在休假，即表示「休假中的」。不管對象為何，皆為表達正在接觸的狀態，也經常用來表示「啟動機器的電源、運轉中的」或是「某件正在進行中的」。

· I'm **on** heart medication. 我正在服用心臟病的藥。

· My cellphone is **on**. 我的手機是開著的。

· Keep **on** walking. 繼續走路。

off | 分離、離開的 off

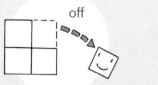  

off 意指「離開、分離」，因為有離開的意思，所以另外有「離開後消失、脫離基準點、開始」的意思；如果是形容從剛剛進行的動作中離開，則意指「完成動作、中斷、切斷流向、取消」的意思，延伸的含意尚有「離開主體往外面走、顯眼的、外露的、爆發的、放出的」。

* The button came **off**. 鈕釦掉了。
* I was **off** work yesterday. 我昨天休息。
* The bomb went **off**. 炸彈爆炸了。

over | 越過上方的 over

over 意指「在上頭的」，意味著「在上面或是覆蓋過去、越過、克服的」，因為含有跨越過去的意思，因此另外延伸出「經過、結束的」的意思。

* I'll jump **over** this wall. 我會跳過這面牆。
* My marriage is **over**. 我的婚姻結束了。

under | 在下面的 under

under 意指「在下面的」，因此具有「位於下方、在某狀況或影響之下、壓迫」的含意；因為是往下的方向，延伸出「沈澱、完蛋」的意思。

* Exams put us **under** stress. 考試使我們處於壓力狀態下。
* My business went **under**. 我的生意毀了。

for | 朝著某個方向看的 for

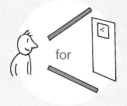

for 意指「朝著……、為了……、贊成……、選擇……」，意境為朝著某個目標物，或者望著某物。跟 to 一樣，並非與某個對象有直接相連的關係，而是眼神大範圍的投射，目標物就在眼神投射的範圍內。

* I'm looking **for** a house. 我正在找房子。
* I'm **for** it. 我贊成。

against |對抗的 against

against 意指「甲跟乙頭碰頭接觸、相靠」或者「兩個對象相互碰撞或是對抗」，因為具有對抗的意思，所以也可以表示「對立的、反對的、關係不好的」。

° I put a mirror **against** the wall. 我把鏡子靠著牆壁放。

° I went **against** my boss. 我跟老闆對立。

away |遠遠消失的 away

away 意指「遠去」，因此可以用來表示「遠遠消失或消失的」；若走遠了，意指「逃走、脫離、迴避、清理收拾掉」，如果用在東西、感情、秘密身上，則意指「給予、揭露、洩漏」。

° He got **away**. 他逃走了。

° Can you put **away** the dishes? 可以請你把盤子收走嗎？

° I gave **away** my old clothes to the poor. 我把我的舊衣服送給了貧民。

around | 環繞在周圍的 around

around 的意境是畫個圓把對象包圍起來，可用來表示某個對象的「周圍或周遭、四面八方」，或者表示「繞著周遭移動、以某主體作為中心而移動」；也可以用來表達扭轉原本持反對意見的人，延伸為「同意、贊成、使壞情況好轉」等意思。

· I wasn't **around** when the window was broken. 窗戶破掉時，我並不在附近。

· There is a rumor going **around**. 有個傳言正流傳著。

· She was against my idea, but I brought her **around**.

雖然她反對我的主意，但我說服她，使她同意了。

at | 僅待在某個地點上的 at

at 的意境為待於地點、時間、狀態、事情、動作上，表示「在……、做……」。

· Someone is **at** the door. 門口有人。

· How long did you stay **at** your first job? 你的第一份工作做了多久？

· I'm **at** work. 我正在工作。

by | 在旁邊的 by

by 意指在某個對象物的「旁邊、身旁、經過其身邊、通過」的意思。

* Stop **by** my office. 順道來我的辦公室。
* I can get **by** with my old car. 我的舊車勉強還過得去。

along | 順著移動的 along

along 表示「沿著道路、河流等移動」的意思，由於是持續移動的狀態，所以也有「進行」的意思。因為是順著移動走到底，所以也做「抵達、出現」解釋；因為是跟著一起移動，所以延伸為「同行、同意、贊成的」的意思。

* I ran **along** the lake. 我沿著湖跑。
* Things are coming **along** well. 事情進行得很順利。
* The bus will be **along** any minute. 公車隨時會來。

through | 穿透過去而且經過的 through

through 表示「貫穿或突破某物，而持續向前通過」，由於具有「從頭通過到尾端」的意思，所以也做「經過……、經歷、在……期間」解釋；既然是通到最底，所以也有「……結束的、結束……」的意思。

- My wisdom teeth are coming **through**. 我正在長智齒。
- I need to get **through** this book. 我得唸完這本書。

back | 返回的 back

back 表示「回到原來的位子或者往後移動」，因為是往回走，所以也可以做「回去、迴轉」解釋；若是往後移動，則表示「留在後面、後退、猶豫不決」。此外，也有「把某物往後遞」的意境，延伸為「藏在背後、自制、壓抑」的意思。

- Take your words **back**! 收回你說的話！
- I put the clock **back** one hour. 我把時鐘調慢了一個小時。
- I held **back** my tears. 我忍住了我的淚水。

from, to | 出發的 from，抵達的 to

from 表示「從某個基準點開始出發或者離開」，to 則表示朝著接下來出現的「對象、場所、方向、動作」移動，換句話說，就是「接近、連接、抵達」的意思。

* The train goes **from** Busan **to** Seoul. 火車從釜山開往首爾。
* She kept me **from** leaving. 她讓我無法離開。
* He came **to** my office. 他來我的辦公室。

across | 橫越的 across

across 表示「橫越至對面、跟對面交叉的、相碰」的意思，延伸意思為「轉達某事、使理解某事」。

* Get **across** the street. 穿越街道。
* I got my point **across**. 我轉達了我的意思。

aside | 往一邊擱、到旁邊的 aside

aside 表示「往一邊擱、往一邊放、往旁邊閃」的意思。

· I put some money **aside** for a rainy day. 我存錢以備不時之需。
· Stand **aside**! Make way! 閃一邊去！讓開！

before, after | 在後面追著的是 after，在前方的是 before

after 表示「在時間、順序、位置上的後面、後來」，由於在後面，所以延伸意思為「在……的後面追著跑、追求」；before 意指「在時間、順序、位置上的前面、先行」的意思。

· The police are **after** him. 警察在追他。
· She's **after** his money. 她是為了他的錢。
· The parade passed **before** our eyes. 遊行隊伍從我們的前面經過。

ahead, behind | 領先的是 ahead，落後的是 behind

ahead 意指「在前面的、領先的」，表示「在時間或空間上居於前面的位置、在順序上或競爭上是領先的」；behind 恰好相反，意指「在後面的、落後的」或表示「在競爭當中居後、比預期還要晚、落後的」，甚至是「課業或付款事情等往後延」，也表示「在背後支持、在背後」的意思。

- I'm **ahead** of / **behind** schedule. 我進度超前 / 落後。
- I got **ahead** of / **behind** everyone in the race. 我在賽跑比賽中領先 / 落後。
- I fell **behind** on my homework. 我遲交了功課。

with, without | 在一起的 with，沒有在一起的 without

with

without

with 表示「跟……在一起、有……、或擁有某種屬性」，without 則相反，表示「沒有……」的意思。

- He's **with** his lawyer. 他跟他的律師在一起。
- The book comes **with** a CD. 這本書有附贈一張 CD。
- I went **without** food. 我沒有吃東西。
- I can't live **without** my mobile phone. 沒有手機我會活不下去。

together, apart | 攏聚在一起的 together，分開的 apart

together 意指「集中聚攏、結合、一起、團結」，apart 則表示「分開、分離」以及「四分五裂、因分離而越來越遠」的意思。

- All the pieces of the puzzle came **together**. 所有的拼圖都拼好了。
- Nothing can break us **apart**. 沒有事情可以將我們分開。
- I spent hours <u>taking</u> the chair **apart** and <u>putting</u> it <u>back</u> **together**.
  我花了幾個小時拆解椅子再組合起來。

Part 1

基本動詞學習篇

只要會十個基本的動詞

你就再也不會被難倒！

立刻栽進基本動詞＋介系詞

擴張到十倍、一百倍的英語世界吧！

be 動詞

透露所有事情讓你知道的 be 動詞

be 動詞只有兩種意思，即「是……」和「在……」。做「是……」解釋時，為 A = B 的關係，旨在說明 A 的狀態。相反的，若不是 A = B 的關係時，則是在表達「在……」，旨在告訴你位置的下落。我們先來看看 A = B，也就是在「是……」時的情況。

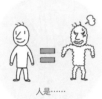

人是……

當主詞為人時，be 動詞後面除了接職業、年紀以外，也會出現外貌、性格、心情等詞語。

My husband **is** a director. 我的老公是個導演。
He **is** 35 years old. 他三十五歲。
He **is** tall. 他很高。
He **is** upset. 他很懊惱。

東西是……

當主詞為物品時，通常表示狀態、外型、顏色、大小的形容詞會出現在 be 動詞之後。

My bag **is** missing. 我包包不見了。
It **is** brown. 它是棕色的。
It **is** big. 它很大。

狀態是……

描述時間、天氣或狀態，或者表達對某事的想法時，都可以使用 be 動詞，此時「主詞＝ be 動詞」的關係是成立的。

It**'s** seven o'clock. 七點了。
It**'s** warm. 天氣很溫暖。
It**'s** dangerous. 這很危險。

現在我們來看看不是「主詞＝ be 動詞」的例子，通常會跟表示場所的副詞一起使用。

My husband **is** upstairs. 我先生在樓上。
My bag **was** under the table. 我的包包在桌子底下。

01 起來的 **be up**

up

be up 意指「某個東西是 up 的狀態（be）」，如表達 up 狀態的 **The sun is up** 一樣，表示太陽的狀態「已經在頭頂上，高掛在天空上了」；**I am always up early in the morning** 這句話是說人已經從睡眠之中起來，因此解釋為「起床」；看不見的事情如果浮出來，就表示「發生」；若是數值或量往上，就代表「增加」的意思。

是（be）往上（up）▶▶▶ 起床，發生（事情），增加

I'm **up**.
我起來了。

Obviously something **is up**.
很明顯地，有事情發生了。

The company's profit **is up** 35 percent.
公司的利潤增加了 35%。

02 躺著的 **be down**

be down 表示「down 的狀態（be）」，就位置上來看是位於下方，**The sun is down** 表示「太陽下山了」；如果是人在下面，意指「躺著、睡覺」；身體不舒服或心情沮喪時也使用 down 來表達，即為「（健康）變糟了、憂鬱」的意思；如果是數值或量在下方，則表示「減少、縮短」；如果是機器為 down 的狀態，那就表示「故障」的意思。

down

是（be）往下（down）▶▶▶ 睡覺，（健康）變糟，減少

The baby has **been down** for 3 hours.
小寶寶睡了三個小時。

I'm **down** with the flu.
我得了感冒病倒了。

My income **is down**.
我的收入減少了。

03 克服的 **be over**

over

be over 表示「越過（over）某物、維持某一狀態（be）」，若成功跨越某事，就表示「克服了難題」；若是 be over 某人，就表示「忘記了那個人」；跨越了病痛，表示「病癒」；be over 也有「徹頭徹尾」的意思，用來做「結束」解釋；The party is over 意指「派對已經結束了」。

是（be）越過，跨過（over）▶▶▶ 克服，病癒，結束

I'm over it.
我成功克服了。

感冒

I'm over the flu.
我的感冒好了。

My marriage **is over**.
我的婚姻結束了。

04 在壓力底下的 **be under**

1-4

under

be under 意指「在（be）……的底下（under）」，延伸的意思為「在某影響力之下或在某個狀況之下、在……中」，只要想成是「在壓力底下＝正在承受壓力」即可。另外也經常被用來表示「施工中、會議中」，表達某種正在進行中的狀態。

在（be）……的底下（under）▶▶▶ 在……之下，在……的狀況底下，……之中

It **was** right **under** my nose.
它就在我的眼前。

I'm under a lot of pressure.
我覺得壓力很大。

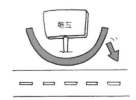

施工

The road **is under** construction.
道路目前施工中。

on

be on 意指「緊貼（on）於（be）……」，若緊貼在工作上表示「工作」，跟休假連在一起就是「休假中」，黏著電話筒不放表示「通話中」，若是不離藥罐子，就表示「正在服用藥物中」，都是表達正在進行的狀態。The TV is on 表示「該機器正在運轉」，經常被用來表示「電源是開的」。

在（be）黏在……之上，運轉中，進行中（on）▶▶▶ 正在……，……之中

I'm on it.
我正在做。

He's on the phone.
他在通話中。

I'm on heart medication.
我正在服用心臟病的藥。

off

be off 的情境為「從……分開（off）的狀態（be）」，從原來的場所離開前往它處，就是指「走、出發」的意思，離開工作表示「休息」，從電話中離開就是指「掛電話」，若是從食物、藥物之中離開，則表示「不再吃食物或服藥」，有時也會用來表示「機器是關掉的」，即 The TV is off。

表狀態（be）從……離開，分離（off）▶▶▶ 走，出發，（工作）休息，不……

I'm off.
我要走了。

I was off work yesterday.
我昨天休息。

I'm off junk food for good.
我不再吃垃圾食物。

be after 意味著「在……的後面（after）的狀態（be）、在……後面窮追不捨」，表示前後順序，像是警察在追犯人，或者人們追求金錢、名譽、愛情等等，皆不難想像在後頭緊追的景象，因此用 be after 應該是最適切的。

表狀態（be）在……後面窮追（after）▶▶▶ 追趕，追逐，尋找

The police are after him.
警察在追他。

She's after his money.
她是為了他的錢。

不同於 after，behind 是指在空間上的落後，所以 be behind 從原本的「在……（behind）的狀態（be）、落後」延伸有「事情或房租的延後或逾期」。相反的，要表達「在前面或領先」則使用 be ahead，I'm ahead of schedule 表示「比預定行程還要早」。

表狀態（be）在……之後，落後（behind）▶▶▶ 在後面，落後，（貸款償還等）逾期

I'm behind 40 people.
我前面有四十個人。

I'm behind schedule.
我進度落後了。

We're behind on our mortgage payments.
我們的抵押貸款逾期了。

09 表示陷入的 **be into**

be into 意指「進入……之內的狀態（be）」，如果深陷於某人，表示「對那個人非常著迷」，也就是「很喜歡對方（異性）」；若是沈迷於做某事、興趣嗜好，則經常被用來表示「熱衷於……、很喜歡從事……」。不曉得各位最近迷上什麼呢？咖啡？智慧型手機？反正不管是什麼，用 be into 就 OK 了！

表狀態（be）進入某個對象物的裡面（into）▶▶▶ 沉迷，熱衷，非常喜愛

I'm into him.
我被他迷住了。

I **was into** coffee.
我以前很喜歡咖啡。

I'm into playing soccer.
我很喜歡踢足球。

10 表示在一起的 **be with**

be with 意指「跟……在一起（with）的狀態（be）」，因為在一起，所以也可以做「陪伴」解釋；另外也延伸有「跟……的想法是一致的、對……表示同意」的意思，所以 I'm with you 表示「我跟你的想法同在」，也就是指「我的想法跟你一致」，Are you with me? 則是詢問「你了解我說的話嗎？」。

表狀態（be）跟……在一起（with）▶▶▶ 跟……同行、在一起，同意……的意見

He**'s with** his lawyer.
他跟他的律師在一起。

I **was with** my boyfriend yesterday.
我昨天跟我的男朋友在一起。

I'm with you.
我同意你的想法。

11 進到裡面去的 **be in**

be in 意指「在……裡面（in）的狀態（be）」，He's in 表示「他在家或是辦公室」；如果是指「我們想要投入到想做的事情裡面」，就含有「參與」的意思，I'm in 是指「我也要參與」；此外，也表示「在……的狀態、狀況之中」，簡單來說指「碰到某種狀態或狀況」。I'm in shock 表示「我受到了打擊」，I'm in pain 則指「我很痛、很難受」。

表狀態（be）在……之內（in）▶▶▶ 在……之中，參與，面臨（某種狀況）

He is in a meeting.
他正在開會。

Are you **in**?
你也要去嗎？

We're in love.
我們正在戀愛。

12 跑到外面去的 **be out**

be out 意指「在（be）外面（out）、在某種狀況之外」，「在某種狀況之外」所指的是「逃離某處、脫離某種狀況」，I'm out of debt 表示已經脫離負債的行列，也就是指「我已經還清債務了，所以現在在身上沒有背債」；相反的，I'm in debt 則表示「目前處於負債中」，也就是「還有債務要還」。

在（be）……之外，在……的狀況以外（out）▶▶▶ 出去，洩漏出去，沒有……

She's out.
她出門了。

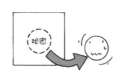

The secret **is out**.
秘密洩漏出去了。

I'm out of debt.
我償清債務了。

13 表示贊成的 **be for**

be for 有「朝向（for）……的狀態（be）、望著」的意思，當你朝著某個方向，就表示把該方向當作目標，所以也做「為了……，打算要……」解釋；有時候是因為喜歡，所以才會朝著那邊望，既然喜歡，也就有「贊成」的意味；若反對時，可用 against 表達。「我贊成那個計畫」的說法是 I'm for the plan，當然，如果反對就說 I'm against it.。

表狀態（be）朝著某對象（for）▶▶▶ 是為了……，贊成

It's for your brother.
這全是為了你哥哥。

The house next door **is for** sale.
隔壁的房子在出售。

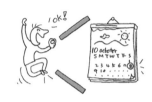

I'm **for** it.
我贊成。

14 表示反對的 **be against**

be against 意指「與……對立（against）的狀態（be）」；與信念或信任對立，表示「違背」；跟意見對立，就表示「反對」；若與某個隊伍對立，則表示「跟該隊伍比賽」。

表狀態（be）跟……對立（against）▶▶▶ 違背（信念、信任），反對，比賽

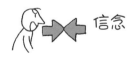

It's against my beliefs.
這與我的信念相違背。

I'm **against** my boss's plan.
我反對我主管的計畫。

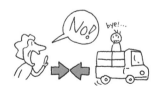

My mom **is against** us moving three states away.
我媽媽反對我們搬到三個州以外的地方。

在周遭的 **be around**　🎧 1-15

be around 意指「在（be）……周邊（around），在附近」，因為在附近，所以延伸為「出現」的意思。如果説 be around 某人，指的是「在某人身邊」，完整句子可説成：I just wanna be around you, I'm gonna be around 等。

在（be）……的周遭，附近（around）▶▶▶ 在……周邊，出現

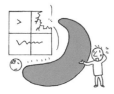

I **wasn't around** when the window was broken.
窗子破掉時我並沒有在附近。

Do you know when they will **be around**?
你知道他們什麼時候會出現嗎？

Children should not **be around** animals unless supervised. 除非有人在旁看著，否則不能讓小孩子跟動物在一起。

---

16 窩在狹小地方的 **be at**　🎧 1-16

at

be at 指「在（be）（at）某個地點」，意味著在「類似門前這種相對較窄小的地方」，I'm at work 表示「窩在工作堆裡」，換句話説就是指「工作中、在公司」的意思。經常可見到 while you are at it... 的用法，表示「順便做……（行……之便順便做……）」，例如對著要去超市的人説：While you are at it, pick up some milk，這句話是説「既然你要去超市一趟，順便幫我買牛奶」。

在（be）某個地點（at）　在……，正在……

He's **at** the door.
他站在門前。

I **was at** her place.
我在她家。

I'm **at** work.
我正在工作。

17 表示順著的 **be along**

be along 意指「來、靠近」，通常會搭配未來式 will 一起使用，可以想像成是「一直（be）沿著（along）某物」的情境。

在（be）沿著……（along）▶▶▶ 來

She'll **be along** a little later.
她等一下會來。

The bus will **be along** in a few minutes.
公車再幾分鐘就來了。

18 表示經歷的 **be through**

be through 意指「穿過（through）……而去（be），通過」，因為是「從中穿過」所以延伸為「歷經、經驗」的意思；除此之外，也經常被用來當「結束……、完成……」使用；be over 是以事物為主詞，表示「……結束了」，而 be through 則是以人當主詞，表示「結束……」，看到 The cleaning is over 和 She is through cleaning 這兩個句子時，應該能夠知道箇中的差異了吧？

表狀態（be）通過……（through）▶▶▶ 經歷，經驗，結束，完成……

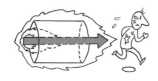

I've **been through** a lot.
我經歷了許多事情。

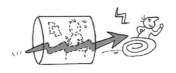

I'll **be through** in a moment.
我就快好了。

I'm **through** talking.
我已經說完了。

01 他還沒起床。　He's not＿＿＿＿yet.

02 我跟我的孩子們在一起。　I'm＿＿＿＿my children.

03 這禮物是要給我父母的。　This present is＿＿＿＿my parents.

04 我跟朋友在外面。　I am＿＿＿＿with my friends.

05 她正在服用安眠藥。　She's＿＿＿＿a sleep medication.

06 我的手機關掉了。　My phone was＿＿＿＿.

07 我跟媽媽在購物中心。　I was＿＿＿＿the mall with my mother.

08 這違背我的宗教。　It's＿＿＿＿my religion.

09 在我知道事實之前，我跟你沒完沒了。　I won't be＿＿＿＿with you until I know the truth.

10 我絕不在孩子附近抽煙。　I never smoke when my kids are＿＿＿＿.

11 驚喜還沒結束。　The surprise is not＿＿＿＿yet.

12 他的房租已經兩個月沒繳了。　He is two months＿＿＿＿on his rent.

13 我已經忘記她了。　I'm＿＿＿＿her.

14 我有負債。　I'm＿＿＿＿debt.

15 你被逮捕了。　You're＿＿＿＿arrest.

16

A：我想我是真的喜歡她。　I think I'm really＿＿＿＿her.

我沒有辦法不想她。　I can't get her out of my mind.

B：這裡所有的男孩子都在追她。　Every guy here is＿＿＿＿her.

單字 05 medication [ˌmɛdɪˈəkeʃən] *n.* 藥物

解答 01 up 02 with 03 for 04 out 05 on 06 off 07 at 08 against 09 through 10 around 11 over 12 behind 13 over 14 in 15 under 16 into, after

*數字與本書的動詞句說明編碼是一致的。

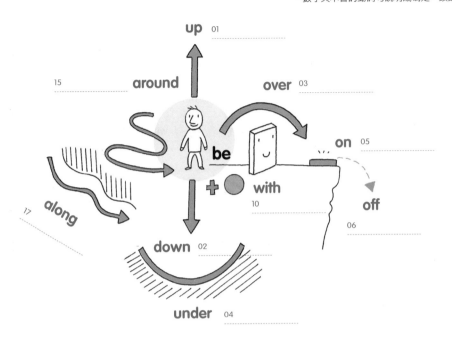

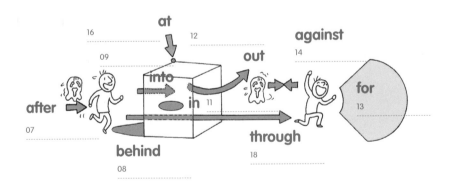

解答　01 起來，發生（事情），增加　02 睡覺，（健康）變糟，減少　03 克服，痊癒，結束　04 在……之下，在……的狀況底下，……之中　05 正在……，在……之中　06 去，出發，（工作）休息，不……　07 追趕，追逐，尋找　08 在後面，落後，（貸款償還等）逾期　09 沈迷，熱衷，非常喜愛　10 與……同行、在一起，同意……的意見　11 在……之中，參與，面臨（某種狀況）12 出去，洩漏出去，沒有……　13 是為了……，贊成　14 違背（信念或信任），反對，比賽　15 在……周邊，出現　16 在……，正在……　17 來　18 經歷，經驗，結束，完成……

Verb 02 get

管他三七二十一，先拿了再說的 get

get 的基本意思是「抓到、得到」，除了球類、工作、成績等眼睛看得到的，就連眼睛看不見的事物也可以用 get，所以 I got it 這句話，雖然可以解釋成「拿到」了，也可以理解成「我抓住你説的重點了」，言下之意就是指「我了解了」。電話響的時候若有人説 I'll get it，則表示「我來接」，如果是門鈴正在響，説 I'll get it，就表示「我來開」。

抓

I've **got** a cold. 我感冒了。
I **got** an A in math. 我的數學拿到 A。
I **get** the feeling he has something to say.
我感受到那個人似乎有話要說。

抵達

若別人沒有主動給你，自己也可以主動去爭取，如果是這樣，則表示「動身然後抵達……」，抵達某個場所時，表示「往……移動、動身去……」，若是情感或者狀況起了變化，則表示「成為……的狀況或狀態」。

How do I **get** there? 該怎麼去那裡呢？
I have worked hard to **get** to this position.
我非常努力地工作才坐到這個位子。
I **got** bored. 我感到膩了。

去做 使得

並非只有主詞才能有動作，假設主詞採取了某種動作或做了少許的努力，加諸在受詞身上使其產生變化，則做「使得……、讓事情變成某種狀態」解釋。

I **got** her to do the dishes. 我叫她去洗碗。
Get this done by tomorrow. 明天以前把這個完成。

01 緊貼住的 **get on**

get on 的基本意思為「使（get）貼住（on）」，如果媽媽背對著小孩說 get on 時，表示叫小孩「自己貼到我的背來」，言下之意是要「背他」。不只是人，東西也可以貼上來，如果額頭上有什麼東西 get on，表示該東西自己貼到額頭上來，所以解釋為「沾到」；另外，人也可以往事物身上貼，如果自己去黏工作，那就表示「工作、上班」，又譬如 get on highway，因為是黏在高速公路上，所以有「上高速公路」的意思。

使（get）貼在（on）▶▶▶ 搭車（像公車那樣的大車），做（事），穿（衣服）

Get on the bus.
搭上公車。

I'll **get** right **on** it.
我會馬上做那件事。

Get your coat **on**.
穿上你的夾克。

02 脫離的 **get off**

get off 是指「使（get）脫離（off）」；若是讓自己從工作脫離，意味著「辭職、下班」；讓自己從車上脫離，是指「下車」；讓自己從電話脫離，是「掛電話」；若是從電腦中脫離，就是指「關掉電腦」的意思。get off 還可以讓人、事物、心等等所有的東西與自己脫離，把戒指拆下來意指「摘下戒指」；get your mind off... 把自己的心摘下來，則表示「遺忘，不去想」的意思。

使（get）脫離，摘掉（off）▶▶▶ 下班，停止做，拿掉

Get off the couch and take a walk.
從沙發起來去散步吧。

I always **get off** work on time.
我總是準時下班。

I can't **get** this ring **off** my finger.
我摘不下手指頭上的戒指。

03 進入的 **get in(to)**

get in(to) 是指「使（get）進去裡面（in(to)）」的意思；如果是進到小車裡，就是指「搭車」；如果是進入火車站內，則意味「抵達」；如果是人進去裡面或是被准許進入，例如：I got into Yale 表示被准許進入大學的校園裡，都是用 get in 來表達。另外，表達「陷入某種狀態或感情裡」時，也可以使用 get in。

使（get）進去裡面，進入狀況（in）▶▶▶ 搭（車），陷入（某狀況），被准許進入

Get in(to) the car.
坐上車。

I don't want to **get in(to)** trouble.
我不想陷入麻煩之中。

He **got** us **in(to)** the house.
他准許我們進入屋內。

---

04 不管是人或消息都會往外走的 **get out**

get out 是指「使（get）去外面（out）」或是「把某個對象或人踢到外面」的意思，Get out! 這句話表示「出去！」，Get me out! 則是「讓我離開這裡！」此外，尚有「讓話往外傳、傳遞消息、消息或秘密等往外洩」的意思，被用來表達「謠言傳開、秘密外洩」等。

使（get）往外，往狀況之外的地方（out）▶▶▶ 從……出去（of），去除（斑點），洩漏（秘密）

Get out of my life.
滾出我的人生。

I can't **get** the stain **out**.
我沒辦法去除這個髒汙。

If the secret **gets out**, my husband will kill me.
萬一這個秘密洩漏出去，我的丈夫肯定會殺死我。

05 起來、放到上面的 **get up**

get up 含有「使（get）往上（up）、把……放到上面」的意思，讓自己起來，表示「起床、起來」的意思。從坐姿變換為站姿也是使用 get up。此外，也可以表達「引起、叫醒」，注意這不是在睡著的狀態，而是在清醒的狀態下移動身體。get up 的主詞動作是「起床」，get him up 的主詞動作則是「叫他起來」，除了上述的意思以外，還可以做「把……放到上面」解釋，例如放風箏就是 get the kite up。

使（get）往上（up）▶▶▶ 起來，叫醒，放到上面

Get up out of my seat.
從我的座位上起來。

She **got** me **up** at 7 in the morning.
她早上七點叫我起床。

I **got** the kite **up** in the air.
我把風箏放到空中。

06 低下且憂鬱的 **get down**

get down 的含意是「使（get）往下（out）」，從高處往低處移動為「下來」，把身體姿勢調下是「彎下身來」，get down 也可以指「心情低落」，言下之意就是「變得鬱鬱寡歡、灰心喪志」，經常被用來表達「使……灰心」，Nothing can get me down 這句話是說沒有任何東西可以讓我低下，意即「不能使我灰心或是變得憂鬱」。

使（get）往下，往低處去（down）▶▶▶ 下來，下跪（on one's knees），憂鬱

Get down.
下來。

He **got down** on his knees.
他跪下了。

When I **get down**, I turn to food.
我只要心情低落就會吃東西。

07 牆壁跟傷心都可以跨越的 **get over**

over

get over 是指「使（get）跨過某物（over）」，字面上的意思為「越過眼前所見的障礙物，像是牆壁、橋等等」，如果是跨越「恐怖、困難、悲傷、害羞等心理層面的障礙物」，則解釋為「克服、忘記」。電影《史瑞克2》（Shrek 2）中，驢子對於主人為了魔法豆而把自己賣掉的事情感到非常難過，並說：I ain't never gotten over that（這件事我永遠都無法忘懷）其實我們活在世上，總會有一些必須去釋懷、克服的事情，這時一定要 get over！

使（get）跨越過（over）▶▶▶ 越過，忘記，克服（打擊或悲傷）

I can get over this wall.
我能跨過這面牆。

I got over him.
我已經忘記他了。

It took a long time to get over the shock of his death.
我花了很長的一段時間去克服他死亡的打擊。

08 沿著走的 **get along**

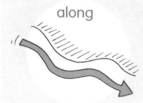

along

get along 表示「沿著（along）……而走（get）」，也就是「往前走、沿著走」，而從原本沿著走的意思延伸出「經過、活下去」，其它的意思尚有「跟著別人順利前進、與人友好相處」。

使（get）沿著……一直走（along）▶▶▶ 過活，靠……活下去（on），與……友好相處（with）。

How are you getting along?
你過得如何？（招呼語）

I'm trying to get along on a social security check.
我正試著靠退休金過活。
social security check
退休金保險支票

I'm getting along well with my in-laws.
我跟婆家的人相處得很好。

09 想要遠走高飛的 **get away**

get away 的意思是「使（get）遠走高飛（away）」，可用來表示「逃跑、到很遠的地方度假」，主要在否定句中跟 with 一起使用，透露出做了壞事「不想付出代價、想要潛逃」的意味。get away 後面若接 from，則表示「從……逃離、從……逃跑」。

使（get）遠走高飛（away）▶▶▶ 逃跑，全身而退（with），從……逃離（from）

He got away.
他逃走了。

You won't get away with this.
你無法從這件事全身而退。

I want to get away from the noise of the city.
我想逃離都市的喧囂。

10 從某處回來的 **get back**

get back 的意思是「使（get）折返、掉頭、改變方向（back）」，例如把沙發移到其它位置，這時有人說 get it back，言下之意就是「把沙發移回原來的位置」；同樣的，譬如弄丟了某個東西，若說 get back，則表示「找回來」，不知道大家最想 get back 什麼東西呢？

使（get）回頭，掉頭改變方向（back）▶▶▶ 回來，找回來

Get back over here!
給我回來！

I want to get her back.
我想要把她找回來。

I didn't get my money back.
我拿不回我的錢。

11　往目的地前進的 **get to**

get to 意思是「使（get）往（to）……」，通常解釋為「去……、抵達」，如果和表示場所的副詞 here 或 there 一起使用，to 就帶有「離開……前去某處」的意味。此外，因為也含有「朝向某種狀態前進」的意思，因此延伸為「使得……」，Let's get to know each other 表示約對方一起來了解彼此，也就是「互相打個招呼吧」，在生活中是很常用的話。

使（get）往……（to）▶▶▶ 去到……，上班（work），使得……

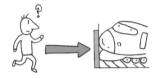

Can you tell me how to **get to** the subway station?
可以請你告訴我該怎麼去地鐵站嗎？

I have to **get to** work by eight.
我必須在八點以前到公司上班。

We **got to** know each other.
我們認識了彼此。

12　經過的 **get by**

get by 意思是「使（get）經過（by）」，意即「通過」，常用的意思還有「利用有限的資源苦撐下來」，例如 get by on a small salary 這句話是説「靠著微薄的薪水苦撐」，get by on four to five hours of sleep 則為「以四五個小時的睡眠硬撐」，get by with one kidney 是「以一顆腎臟撐住」。

使（get）往旁邊移動（by）▶▶▶ 通過，苦撐過日子（with）

Excuse me, can I **get by**?
抱歉，可以讓我過一下嗎？

We're just **getting by**.
我們正苦撐著過日子。

I can **get by** with this old umbrella.
我可以靠這把舊雨傘硬撐下去。

13　往前走的 **get ahead**

ahead

get ahead 的意思是「使（get）往前走（ahead）」，經常被用來表達「在競爭裡拔得頭籌」，在你的人生或職場裡若可以勇往直前，不就也意味著「成功」嗎？

使（get）往前走（ahead）▶▶▶ 在……領先（in），成功

I **got ahead** of
everyone in the race.
我在比賽中領先所有人。

Getting ahead is not
everything in life.
獲得成功並不是人生的全部。

14　落後的 **get behind**

behind

ahead 在位置或順序上是領先的，反之，behind 則是落後的，所以 get behind 的意思是「（使）get 往後（behind）」，也就是「往後走，落後」；落到方向盤後面，就是指「開車」；在比賽中若往後走，則指「落後」；如果是走到後方幫助某人，則延伸為表示「支援……」。

使（get）往後走（behind）▶▶▶ 開車（the wheel），在……之中落後（in），支持、支援

You should not **get behind**
the wheel of a car.
你不該開車。

I **got behind** everyone in
the race.
我在比賽中落後其他人了。

I'll **get behind** you.
我支持你。

15 橫越道路與腦袋的 **get across**

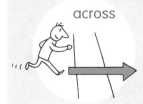

across

get across 的意思是「使（get）穿越……（across）」，也就是「跨過」；難道只能穿越有形的物體嗎？如果穿越人的腦袋，會變成什麼意思呢？這時候意思為「意見或想法穿越對方的腦袋」，也就是指「傳達、使理解」的意思。

使（get）穿越……（across）▶▶▶ 穿越，傳達，使理解

Get across the street.
穿越馬路。

I **got across** the bridge.
我跨越了一座橋。

I **got** my point **across**.
我轉達了我的觀點。

16 貫穿頭尾的 **get through**

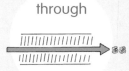

through

get through 的意思是「使（get）通過、穿過（through）」，通過困境，意指「克服困難、歷經」；通過了考試，意味著「通往下一個階段」。另外，「從頭通到尾」的意境延伸為「做完……」的意思，倘若 get through to 後面接續人，則有「去找那個人、聯絡、接通電話」的意思。

使（get）從頭到尾，通過……（through）▶▶▶ 結束，脫離，以電話跟……聯繫（to）

I need to **get through** this book.
我必須讀完這本書。

He helped me **get through** some hard times.
他幫助我度過困境。

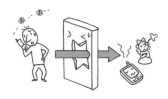

I couldn't **get through** to her.
我聯絡不到她。

01 把電話掛掉。

Get ___off___ the phone.

02 我們一家子必須只靠一輛車子過活。

We will get ___by___ with just one car in the family.

03 我上網確認電子郵件。

I got ___on___ the Internet to check my e-mail.

04 去門口那邊。

Get ___to___ the door.

05 我靠著吃大量的巧克力度過了難關。

I got ___over___ it by eating a lot of chocolate.

06 如果我不想被炒魷魚，就得跟主管好好相處。

I need to get ___along___ with my boss if I want to stay.

07 他沒有成功將訊息傳給大眾。

He failed to get his message ___across___ to the public.

08 我必須在明天之前完成這項工作。

I have to get ___through___ this work by tomorrow.

09 有時候，我會毫無理由的憂鬱起來。

Sometimes I get ___in___ a bad mood for no reason.

10 我步下了梯子。

I got ___down___ the ladder.

11 該怎麼橫越這條繁忙的大街？

How do I get ___across___ this busy street?

12 現在他已經大到早上可以自己起床了。

He's old enough to get himself ___up___ in the morning.

13 告訴我該在哪兒下車。

Let me know where to get ___off___.

14 不管我媽怎麼說，我還是會落後別人。

I'll get ___behind___ whatever my mother says.

15

A：我酒醉駕車，結果車禍了。

I got drunk, got ___into___ a car, and got ___into___ a car accident.

B：你別再重蹈覆轍了！

Don't get yourself ___into___ that situation again!

解答 01 off 02 by 03 on 04 to 05 over 06 along 07 across 08 through 09 in 10 down 11 across 12 up 13 off 14 behind 15 into, into, into

＊數字與本書的動詞句説明編碼是一致的。

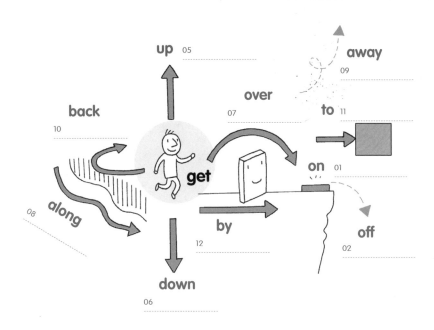

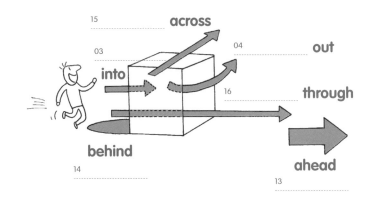

解答 01 搭車（像公車這種大車），做（事），穿（衣服）02 下班，停止做，拿掉 03 搭（車），陷入（某狀況），被准許進入 04 從……出去（of），去除（斑點），洩漏（秘密）05 起來，叫醒，放到上面 06 下來，下跪（on one's knees），憂鬱 07 越過，忘記，克服（打擊或悲傷）08 過過，靠……活下去（on），與……友好相處（with）09 逃跑，全身而退（with），從……逃離（from）10 回來，找回來 11 去到……，上班（work），使得…… 12 通過，苦撐過日子（with）13 在……領先（in），成功 14 開車（the wheel），在……之中落後……（in），支持，支援 15 穿越，傳達，使理解 16 結束，脱離，以電話跟……聯絡（to） put 的基本意思為「放」。

放

就像把書本放到書桌上一樣，把衣服、鞋子、手機放在人的身上，就是「穿」衣服、「穿」鞋子、「使用」手機；如果是把肉放在人的身上，那就是「變胖」。

I **put** the book on the table. 我把書本放在桌子上。

I **put** on my headphones. 我用了手機。

She has **put** on a few pounds. 她的體重稍微增加了。

把……放到……的情況下

也可以放眼睛看不到的抽象概念，如果是放壓力（pressure）在某人身上，就是「給壓力、壓迫」，放「最後的觸及（the final touch）」指的是「做最後的修改、潤飾」。

I won't **put** any pressure on him. 我不會給他任何壓力。

I **put** a few final touches on my outfit.

我替我的衣服做了一些最後的修改。

用語言或文字表達

不限於具體的場所，把人放在某感情狀態、狀況、立場上，意指「把人置於……的情況」。

He **put** me on the right path. 他引導我走向正確的道路。

He **put** me in danger. 他使我陷於險境之中。

Those kinds of situations **put** me in a bad mood. 那類的狀況會使我心情不好。

最後，是從「把想法放到外面」所延伸出來的意思，表示「以言語或文字表達出來」，意即「說話、寫」，是生活常用語。

I don't know how to **put** it. 我不知道該怎麼說。

Put your wishes in writing. 把你的願望寫下來。

01 放直立的 **put up**

put up 的意思是「放在上面（put）、立起來（up）」；搭帳棚、張貼海報等等，都是把對象物直立起來放的動作，所以使用 put up 即可；如果把人 put up 在某個場所，是說「把那個人請到那個場所」，言下之意就是指「駐留、留宿」。

放（put）朝上（up）▶▶▶ 舉起，裝，留宿

I **put** my hair **up**.
我把我的頭髮綁了起來。

I **put up** a curtain in the kitchen window.
我在廚房的窗戶上裝了窗簾。

They **put** me **up** (in their house) for the night.
他們留我在他們家過夜。

02 放下來的 **put down**

put down 的意思是「往下（down）放（put）」，既然是往下放，就表示是「固定」；把話、文字放下來就是「紀錄」；買車子、房子時會把錢掏出來放下，意即「支付訂金」；另外，put down 又可以指「放到能量較低的一方」，主詞是動物時則延伸有「安樂死」的意思。

放（put）往下，往低處（down）▶▶▶ 放下來，支付（訂金等等），安樂死（通常會讓變老或病況嚴重的動物吃藥或注射藥劑）

Put me **down**.
放我下來。

How much should I **put down** for a new house?
如果我想買新房子，需要付多少訂金呢？

We had to **put down** the old dog.
我們必須讓這隻老狗安樂死。

03　可以讓所有的東西貼緊的 **put on**

put on 的意思是「放（put）貼緊（on）」，跟電話緊貼在一起就是「接電話」，跟名單緊貼在一起就是「列到名單上」；除了人以外，也可以用在事物的身上，像是替大門上鎖、戴戒指、變胖、穿衣服都可以用 put on 表達。現在大家應該明白何以「擦乳液、化妝」等詞語會用 put on 了吧？因為我們會倒出乳液，使乳液緊附於臉部的皮膚之上。

放（put）貼緊（on）▶▶▶ 接聽（電話），列（在名單上），裝（鎖）

Put her **on** the phone.
把電話給她聽。

Put him **on** the list.
把他列到名單中。

Put a lock **on** your door.
在你的門上裝個鎖吧。

04　可以擺脫工作跟小偷的 **put off**

put off 的意思是「拿下來（off）放著（put）」，把工作拿下來放著就是「拖延工作」；防小偷的警報裝置是為了捉拿小偷，所以是 A burglar alarm put thieves off；除此之外，讓自己脫離某個主體，則表示「使討厭、使漠不關心」的意思。

放（put）拆下來（off）▶▶▶ 使……不，拖延

Bird flu **put** me **off** eating chicken.
禽流感使我不敢吃雞肉。

Don't **put off** your work.
別拖延你的工作。

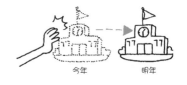

I **put off** going to college.
我延後就讀大學了。

05 放進去裡面的 **put in**

🎧 3-5

put in 的意思是「放進（put）裡面（in）」，把東西放進裡面就是「放入」；把機台、家具放在裡面就是「安裝」；放進時間、努力就是「傾注」；把人放進去裡面則是「送進去、託付」的意思；如果別人在說話時；用 put in 呢？就是把自己的話放進去別人的話裡，言下之意就是指「插嘴、幫助」的意思。

放（put）裡面（in）▶▶▶ 把……放進去，把……送進去，替……說好話（a good word for）

Load the washer before putting in detergent.
在放洗衣精（detergent）進去之前先放入換洗衣物。

I don't want to **put** my kids **in** day care.
我不想把孩子送進托兒所。

Put in a good word for me.
請幫我說點好話。

06 連火也可以拿出來的 **put out**

🎧 3-6

put out 的意思是「放到（put）外面（out）」，把東西拿出來，或者拱起身體的一部分也可以使用 put out；Put your hand out 這句話是指「把手伸出來」；在工廠裡的貨物拿出來往外面放，就是指「生產、上市」。正因為把裡面的東西拿出去，所以也可以用來表達「除掉」；因此，除掉火災、香菸這句話要表達的就是「把火滅掉」。

放到（put）外面（out）▶▶▶ 放到外面，掏出來，滅掉

Put out some wine.
把一些葡萄酒拿出來。

They **put out** new cars.
他們推出了新型的汽車。

The firefighters **put out** the fire.
消防隊員滅掉大火了。

07　蓋住的 **put over**

put over 的意思是「放到（put）……的上面（over）」；把毯子、手放到……之上，即表示「蓋住、擋著、擋住」；如果是面具，則指「戴上」。She put her hand over her mouth 這句話是說「她用手把自己的嘴巴摀住。」

放（put）上面（over）▶▶▶ 蓋住，遮住，戴上

Put a blanket **over** the baby.
幫嬰兒蓋上一條毯子。

Put your hands **over** your face.
用手把臉遮住。

Put the mask **over** your face.
把面具戴在臉上。

08　使麻醉的 **put under**

put under 的意思是「放到（put）下面（under）」，延伸為「放到某影響力之下」，意指「使受到影響」；若被放在壓力的影響力下面，即有「使……感受壓力」的意思；要是放在麻醉的影響之下，就是「使麻醉」的意思。

放在（put）……的下面（under）▶▶▶ 放在……的下面，使受到……，使（麻醉）

I **put** my head **under** the pillow and cried.
我把我的頭埋在枕頭下面哭。

Exams **put** us **under** stress.
考試使我們處於壓力之下。

They **put** her **under** anesthesia.
他們將她麻醉了。

09 備受重視的 **put before**

put before 的意思是「把……放在（put）……之前（before）」，把事情、人放在前頭，表示該事情及該人為「優先、被視為首要的」，大家都聽過 Put the cart before the horse 吧？Don't put the cart before the horse! 這句話也經常出現，意指不要把馬車掛在馬的前方，也就是「不要本末倒置！」。

放在（put）之前，前面（before）▶▶▶ 優先處理，擺第一處理

Put your spouse **before** your mother.
把你的妻子擺在你的母親之前。

Put your family **before** your career.
把家人看的比你的工作重要。

10 往事隨風飄的 **put behind**

put behind 的意思是「放在（put）後面（behind）」，主要以過去（past）、怨恨（bitterness）、精神創傷（trauma）為受詞，意指「忘記不好的事情、讓那些傷心事情都成為過去」，Let's put it behind us 這句話經常在美國影集中出現，通常用在吵架過後想要要求和好的橋段，意指「讓過去成為過去、忘記這件事吧」的意思。

擺（put）往後（behind）▶▶▶ 往後擺，忘記

Put your left hand **behind** your back.
把你的左手擺在你的背面。

I **put** the past **behind** me and moved forward.
我忘掉了過去，並往前邁進。

11 又繞又擦的 **put around**

put around 字面上的意思是「放在（put）周圍（around）」，相當於中文裡的「把手搭在肩膀上、圍上圍巾」，男生們洗完澡後不是會把浴巾圍在腰際嗎？這樣的動作也可以使用 put around，也就是 put a towel around his waist；另外從「放在某周圍」的意思，額外延伸出把乳液這類的東西「擦在……的周圍」。

放在（put）周圍（around）▶▶▶ 圍，繫，擦

She **put** a scarf **around** her neck.
她把圍巾圍在脖子上。

He **put** his arm **around** her shoulders.
他把手搭在她的肩膀上。

I **put** some cream **around** the bottom of my eyes.
我擦了一些乳液在眼下周圍。

12 什麼事情都可以使喚的 **put to**　　🎧 3-12

put to 字面上的意思是「把某對象或物放（put）到（to）……」，如果是放到床上，指的是「哄……」而使之入睡的意思；若是放到工作上，則表示「使工作進行」；投票上就是「進行投票」；像 put an end to it 及 put a stop to it 語尾接（end）或停止（stop）等字時，就表示放一個結束（end）或結尾（stop）進去，意即「結束、終止」。

放（put）到（to）▶▶▶ 哄……睡覺（bed），使……，做……

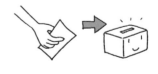

I **put** the kids **to** bed.
我哄孩子們入睡。

I **put** him **to** work.
我要他工作。

Let's **put** the matter **to** a vote.
我們來對此問題進行投票。

13 先往一旁擱的 **put aside**

aside

put aside 的意思為「放（put）在一邊（a side）」，意即「擱在一旁、堆在一旁」，通常以意見上的不一致（disagreement）、分歧（different）為受詞，用來表示「為了更大的目的，把彼此不同的意見先擱在一旁，按耐住」。

放（put）在一邊（aside）▶▶▶ 儲蓄，放棄（工作），忽視、撇開（意見分歧）

I **put aside** some money for a rainy day.
我存錢以備不時之需。

I'm gonna **put aside** my job for a while and go back to being a mother.
我暫時會辭掉工作專心帶小孩。

Let's **put** our differences **aside**.
我們先將彼此的分歧擺一邊。

14 把東西組起來的 **put together**

together

put together 的意思為「放（put）在一起（together）」，意即「集合起來、綜合起來、組起來」，如果想把東西組合起來，勢必要把所有的零件都收集在一塊；而拍手也是因為必須把兩隻手放在一起，所以是 Put your hands together。

放在（put）一起（together）▶▶▶ 組裝，搭配（衣服），商討（the heads）

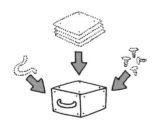

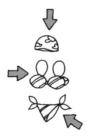

Help me **put** this box **together**.
幫我組裝這個箱子。

I'm good at **putting** outfits **together**.
我很擅長於搭配服裝。

We **put** our heads **together** and came up with a solution.
我們必須集思廣益來想出一個解決方法。

put away 字面上的意思為「放（put）遠離（away）」，表示「關進監獄、設施內」的意思。另外，「把用不到的東西收起來」或是「為了將來先收起來」，也就是「存起來放、儲備」的意思，這點跟 put aside 是相同的。

放在（put）遠處（away）▶▶▶ 收拾，儲蓄，關進（監獄、精神病院等）

Can you put away the dishes?
可以請你收拾一下盤子嗎？

I'm putting some money away for my children.
我為了我的孩子們存了一些錢。

He was put away for 10 years.
他被關了十年。

put back 的意思是「放在（put）後面（back），或是放回原位」。當一個媽媽手裡拿著一大堆東西，對著小孩說「Put it back!」時，即表示「拿去放回原位！」的意思。

放在（put）後面（back）▶▶▶ 放回原位，撥指針（時鐘），向後傾

Put the candy back where you found it.
把糖果放回你剛才找到的地方。

I put the clock back one hour.
我把時鐘撥慢一個小時。

Put your shoulders back.
把你的肩膀往後挺。

17 可以注入心力跟時間的 **put into**

put into 字面上的意思是「把……放（put）進（into）…」，意即「把……放進去」。把心力放進去就是「傾注熱忱」；把錢放進去就是「做投資」；把時間放進去就是「撥出時間」；若把人放進某個場所內，就是「載往……」；放進某個狀況中即為「陷入……」；把 A 語言放進去，然後出來 B 語言，則是指「翻譯」；若是把感情放進去，出來是話語，則意指「用隻字片語來表達感情」。

放（put）進去（into）▶▶▶ 花費（時間、努力），使陷入……，翻譯

I put my heart **into** the food.
我把心力投注在食物上。

He **put** me **into** financial ruin.
他使我破產。

I put Korean **into** English.
我把韓文翻譯成英文。

18 使經歷的 **put through**

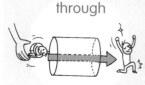

put through 的意思是「放（put）使……通過（through）」，意即為「使受苦、使經歷」，像是加諸痛苦、付學費、使可以接受教育，也是讓對方經歷的意思，因此也使用這個片語。在日常生活的電話用語中，經常作為「轉接」解釋。

放（put）使通過（through）▶▶▶ 使經歷……，轉接電話（to）

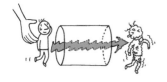

You **put** me **through** a lot of pain.
你令我非常痛苦。

I put all our kids **through** college.
我讓我的小孩們都唸到了大學。

I'll **put** you **through** to Dr. Kim.
我馬上為您轉接金博士。

01 他把所有的錢都投資在那間公司。　　He put all his money _____ the company.

02 請在資料上寫下你的名字。　　Put your name _____ the document.

03 我會暫時延後找其它的工作。　　I'll put _____ looking for another job for a while.

04 請把馬桶坐墊放下來。　　Put the toilet seat _____, please.

05 他付出了非常多的精力在這個計畫上。　　He put a lot of energy _____ this project.

06 可以請你把煙熄掉嗎？　　Would you please put _____ your cigarette?

07 我的長髮老是礙到我，我要把它綁起來。　　My long hair is getting in the way. I have to put it _____

08 去收拾一下書桌。　　Put _____ the stuff on the desk.

09 我每個月都會存一千美金。　　I put _____ 1,000 dollars every month.

10 我必須延後夏天去倫敦的計畫。　　I need to put _____ my planned trip to London this summer.

11 她把橡皮筋纏繞在自己的手腕上。　　She put a rubber band _____ her wrist.

12 如果椅子用完了，就物歸原位。　　Put the chair _____ when you're done with it.

13 想想看你讓我們受了多少苦。　　Think about what you're putting us _____.

14 你需要多少時間把它們組起來？　　How long do you think it'll take to put that _____?

15

A：我總是試著要為別人做點事情，而把自己拋在腦後。　　I always find myself trying to please others and putting my own needs _____ the back burner.

B：你必須把自己擺在第一位，並停止去處理別人的事情。　　You have to put yourself first and stop taking on other people's problems.

表達 15 put _____ a back burner 拋在腦後

解答 01 into 02 on 03 off 04 down 05 into 06 out 07 up 08 away 09 aside[away] 10 off 11 around 12 back 13 through 14 together 15 on

＊數字與本書的動詞句説明編碼是一致的。

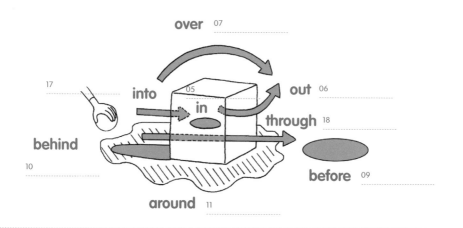

13 ＿＿＿＿ aside

01 ＿＿＿＿ up

away 15 ＿＿＿＿

to 12 ＿＿＿＿

back

16 ＿＿＿＿

put

on 03 ＿＿＿＿

14 ＿＿＿＿ together

02 ＿＿＿＿ down

off 04 ＿＿＿＿

under 08 ＿＿＿＿

over 07 ＿＿＿＿

17 ＿＿＿＿ into

05 ＿＿＿＿ in

out 06 ＿＿＿＿

through 18 ＿＿＿＿

behind

10 ＿＿＿＿

before 09 ＿＿＿＿

around 11 ＿＿＿＿

解答 01 舉起，裝，留宿 02 放下來，支付（訂金等等），安樂死（通常會讓變老或病況嚴重的動物吃藥或注射藥劑）03 接聽（電話），列（在名單上），裝（鎖）04 使⋯⋯不，拖延 05 把⋯⋯放進去，把⋯⋯送進去，替⋯⋯説好話（a good word for）06 放到外面，掏出來，滅掉 07 蓋住，遮住，戴上 08 放在⋯⋯的下面，使受到⋯⋯，使（麻醉）09 優先處理，擺第一處理 10 往後擺，忘記 11 圍，繫，擦 12 哄⋯⋯睡覺（bed），使⋯⋯，做⋯⋯ 13 儲蓄，放棄（工作），撇開（竟見分歧）14 組裝，搭配（衣服），商討（the heads）15 收拾，儲蓄，關進（監獄、精神病院等）16 放回原位，撥指針（時鐘），向後傾 17 花費（時間、努力），使陷入⋯⋯，翻譯 18 使經歷⋯⋯，轉接電話（to）

經過挑選的 take

take 的基本意思是「拿、抓」，挑選的意味比 get 還要強烈，I didn't take the advice I got. 雖然接受（got）了 advice，但是並沒有經過選擇（didn't take）。

拿東西

take 會因為拿取的對象物，而有多種意思，如果拿的是肉眼看得到的具體物，則是指「拿去、搶去、利用、吃」。

He **took** my cellphone. 他拿走我的手機。

He **took** a bus. 他坐上公車了。

I **took** some medicine. 我服用一些藥。

抓人

當然也可以 take 人，把一個人抓起來，意思是「帶某人去……、佔有、活捉」。

He **took** me home. 他帶我回家。

He's **taken**. 他已經名草有主了。

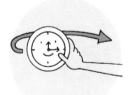

拿肉眼看不到的東西

肉眼看不見的東西照樣也可以被拿走，把話語、行動拿走，意即「理解、解釋」，如果是時間跟努力被拿走，就是「花費時間或努力」；另外「量」體溫、血壓也是用 take 表達。

Don't **take** it personally. 這件事不是針對你。

It **takes** time. 這要花費一些時間。

Let me **take** your temperature. 讓我量你的體溫。

最後，take 也很常被拿來當「做特定的活動」解釋，意即「休息、沐浴、課業、散步、午覺」等特定的活動。

Let's **take** a break. 我們休息一下吧。

I **took** a shower. 我洗了澡。

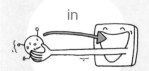

01 表示接受的 **take in**

🎧 4-1

take in 的意思是「抓到（take）到裡面（in）」，意即「接受……」的意思；接受人或動物，就是說「讓他們（牠們）可以在家裡睡覺吃飯」；若是身體接受食物、營養，則解釋為「攝取、吸收」；接受所讀的、聽到的，則為「理解……」；因為是把……往裡面抓，所以也可以用來形容「把褲子的腰圍改小」。

抓（take）到裡面（in）▶▶▶ 留宿，理解，把（衣服等）改小

She took me in.
她留我在她家過夜。

It's a lot to take in.
這還有很多可以學。

I took in the waist on the pants.
我把褲子的腰圍改小了。

02 拿到外面去的 **take out**

🎧 4-2

take out 的意思為「拿（take）到外面（out）、拿出來」；如果對象為人，則指「帶出去」；把錢帶出銀行，為「提錢、貸款」；把垃圾帶出去為「丟掉」；把火氣從身體裡拿出去、發出就是「生氣」，倘若把火氣往別人身上貼（on），就是「出氣」了。

拿（take）出去（out）▶▶▶ 帶出去，丟掉（垃圾），生氣（on）

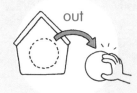

Let me take you out for lunch.
我帶你外出吃中餐。

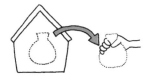

I'm taking out the trash.
我正在倒垃圾。

Don't take it out on me.
別拿我出氣。

up

take up 的意思是「拿（take）上來（up）」，把事情、興趣拿上來的意思是說「開始做事情或興趣，著手進行……」或「養成習慣」；若是把時間或空間拿上來，則是指「花費時間、佔用空間」的意思。

拿（take）上來（up）▶▶▶ 開始（事情、興趣），佔用（時間或空間）

He took up smoking.
他開始會抽煙了。

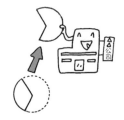

His job takes up a lot of his time.
工作佔用了他許多時間。

Her car took up two parking spaces.
他的車子佔用了兩格停車格。

down

take down 的意思是「拿（take）下來（down）」，可用來表達「把窗簾或照片放下來」或是「把人或物品抓住後往底下放」，down 在這裡有固定的意思，字面上的意思即「抓起來固定」，延伸為「把什麼東西寫下來」的意思。

拿著（take）往下（down）▶▶▶ 拉下來，寫下來

Take down the curtain.
把窗簾拿下來吧。

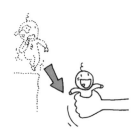

Take him down.
把他拉下來。

Take it down.
寫下來。

05

把客人、責任拿起來貼上的 **take on**　🎧 4-5

take on 的意思為「拿起來（take）貼上（on）」，火車把乘客拿起來貼在車上是表示「載乘客」；若把員工拿起來貼在公司裡即表示「雇用」；將責任或工作拿起來貼在自己身上，是為「為責任或工作負責」。

拿起來（take）貼上（on）▶▶▶ 載，雇用，負責任

The train stopped to **take on** some passengers.
火車停下來要載客。

He **took on** a new worker.
他雇用了一位新員工。

He needs to **take on** more responsibility.
他必須再多負一點責任。

把工作跟責任拿下來的 **take off**　🎧 4-6

take off 的意思為「拿（take）下來（off）」。握住瓶蓋把瓶蓋拿下來的動作意味著「開瓶」；把尿布脫下來或者把畫拿下來也可以用 take off 表達；時間跟責任也可以拿下來，試著在腦海中想像把時間從工作中拿走的情景吧；除此之外，也可以拿來表示「從地面上離開」，意即「飛機起飛、去」的意思。

拿（take）下來（off）▶▶▶ 開，（在……期間）休息，拿掉

Take the lid **off**.
把瓶蓋打開。

I want to **take** a week **off**.
我想休息一個禮拜。

Take some of the responsibility **off** your shoulders.
卸掉你一些責任吧。

07 接收與承包的 **take over**

take over 的意思為「拿（take）過來這裡（over）」；把公司拿過來這裡，是指「接管」公司；把別人的事情拿過來這裡，則表示「承攬、接任」；同理，把別人的位子或土地拿過來這裡，是指「佔領、掌握」；拿方向盤過來這裡呢？當然是指「開車」的意思囉！

拿（take）過來（over）▶▶▶ 接收，佔領（位子），承攬

She's about to **take over** the company.
她即將要接收公司。

She **took over** my space.
她佔了我的位子。

I'll **take over** the wheel.
我來開車。

08 搶走的 **take away**

take away 的意思為「拿（take）去遠處（away）、帶走」；把東西帶去很遠的地方，意味「搶走」；把痛苦帶走，延伸為「消除、減輕、減少」的意思。介紹到此，不曉得各位耳邊有沒有響起出現在湯姆克魯斯主演的電影《捍衛戰士》（*Top Gun*）裡的主題曲 Take my breath away（帶走我的呼吸）呢？

拿（take）去遠處（away）▶▶▶ 搶走，去遠處，消除

They **took away** my car.
他們把我的車子搶走了。

My husband's job **takes** him **away** from home for weeks at a time.
我丈夫的工作讓他只能每隔幾週回家一次。

I applied raw potato to the burn to **take away** the pain.
我把生馬鈴薯敷在燙傷的傷口上以減輕疼痛。

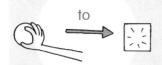

take to 的意思為「把人或東西帶（take）去（to）……、帶去」，除了眼睛看得到的以外，看不到的也可以帶走。take... to the next level 這句話字面上的意思為「把……帶往下一個階段」，意即「提昇水準」。

帶（take）去（to）▶▶▶ 帶去……，拿著去……

She **took** me **to** the hospital.
她帶我去醫院。

He **took** the dishes **to** the sink.
他把盤子拿去洗碗槽。

We're ready to **take** our relationship **to** the next level and get married.
我們已準備好讓彼此關係進行到下一個階段，所以要結婚。

take along 字面上的意思為「帶（take）跟著走（along）」，表示出門時「有人同行、身上攜帶某個東西」；當表示「帶著……一起走」時，通常 along 後面會接 with。

帶在身上（take）跟著走（along）▶▶▶ 帶著走，攜帶

Take him **along** with you.
帶他跟你一塊走。

I'd like to **take along** some CDs to listen to.
我想帶走幾張 CD 去聽。

11 表示分解的 **take apart**

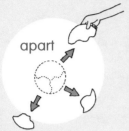

apart

take apart 的意思為「拿著（take）散了一地，拆開（apart）」，也就是指「分解、分離」；若把人 take apart，則是指「使失敗、教訓」；I'll take you apart 這句話是說「我要教訓教訓你」；如果電腦有問題，I'm going to take it apart 則表示會把電腦「拆開來」研究到底是哪裡出了問題。

拿著（take）使散開（apart）▶▶▶ 分解，拆解，教訓對方

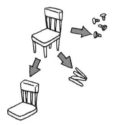

I spent hours **taking** the chair **apart** and putting it back together.
我花了幾個小時把椅子拆下又組回去。

I'll **take** it **apart**.
我要把那個東西拆解開來。

12 收回去的 **take back**

back

take back 的意思為「拿去（take）放回（back）原來的位子」，延伸為把給別人的東西「拿回來」的意思；若是收回曾經做過的舉動是為「恢復」；收回曾經說過的話即為「取消說出口的話」；把買來的物品拿回商店，表示「退貨、撤回」；把過去的事情重新收回來，則是指「使回憶過去」。

拿去（take）放回（back）▶▶▶ 找回，退貨，使回憶起

Take back your words.
收回你說過的話。

Can I **take** this item **back** to the shop without a receipt?
如果沒有發票也可以退貨嗎？

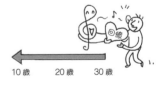

That song **takes** me **back** to when I was a teenager.
聽到那首歌，就讓我想起青少年的時候。

01 短髮讓你看起來小五歲。 Short hair takes five years _____ your age.

02 我用我的保險借了錢。 I took _____ a loan with my insurance.

03 他們把他身上的呼吸器拔下來了。 They took him _____ the respirator.

04 你是怎麼把我分解下來的電腦重新 How do I put back together the computer that I took
組好的？ _____?

05 我開始做時尚設計。 I took _____ fashion design.

06 我把一隻流浪貓帶回家了。 I took _____ a stray cat.

07 我必須在你傷害自己以前把刀子搶過來。 I need to take _____ that knife before you hurt yourself.

08 我年紀再大一點就必須接管公司。 I have to take _____ the company when I get older.

09 當我在工作上遇到不如意，就會把氣 When I have a bad day at work, I always take it
出在丈夫身上。 _____ on my husband.

10 我每個星期六都會帶孩子們去公園。 I take my children _____ the park every Saturday.

11 我把聖誕節的裝飾拿下來了。 I took _____ the Christmas decorations.

12 收回那些你所説的關於我的話。 Take _____ what you said about me.

13 我不想要對別人的家庭負責。 I don't want to take _____ someone else's family.

14 她走了之後，他接收了她的工作。 He took _____ the project after she left.

15

A：親愛的，你可以把牆上你跟 Honey, would you mind taking _____
你前女友的合照拿下來嗎？ the pictures of you and your ex?

B：噢，我很抱歉，我馬上拿下來。 Oh, I'm really sorry. I'll take them _____
the wall right away.

單字 02 loan[lon] *n.* 貸款　insurance[ɪnˋʃʊrən] *n.* 保險 03 respirator[ˋrɛspə.retə] *n.* 人工呼吸裝置 06 stray[stre] *adj.* 迷途的

解答 01 off 02 out 03 off 04 apart 05 up 06 in 07 away 08 over 09 out 10 to 11 down 12 back 13 on 14 over 15 down, off

＊數字與本書的動詞句說明編碼是一致的。

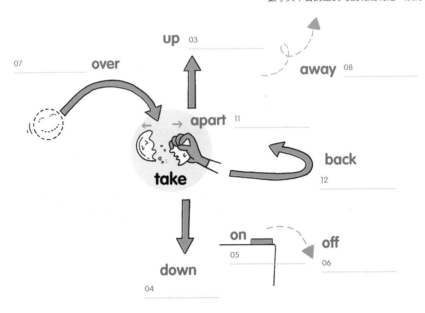

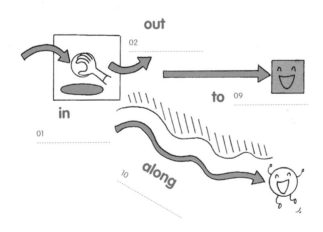

解答　01 留宿，理解，把（衣服等）改小　02 帶出去，丟掉（垃圾），生氣（on）03 開始（事情、興趣），佔用（時間或空間）04 拉下來，寫下來　05 載，雇用，負責任　06 開，（在……期間）休息，拿掉　07 接收，佔領（位子），承攬 08 搶走，去遠處，消除　09 帶去……，拿著去……　10 帶著走，攜帶　11 分解，拆解，教訓對方　12 找回，退貨，使回憶起

過來，come

我們看到動詞 come 會想到「過來」，若要解釋的精闢一點，則為「朝著某基準點過來、變近」，而基準點通常是自己，也就是說話者。

過來

能夠「過來」的東西有很多，人可以過來，像公車這類交通工具，或者是像時間、四季這些抽象物也都適用。

Here comes the bus! 公車來了！
Summer has finally come. 夏天終於來了。

往別的地方靠近

能夠當基準點的也不全然都是說話者，有可能是說話者想要去的地方，也可能是聽話者所在的地方。

I can't come to work today. 我今天沒辦法去上班。
Would you like to come with me? 你願意跟我一起來嗎？

上頭的中文雖然解釋為「去公司」，但是在英文中，是以兩個人共同所想的公司為基準點，所以「來」以 come to work 表示；第二個例子中，一樣是指兩個人共同所想的地點，以這樣的立場看「來」，所以用 come with me。

成為對象

除了上述所說的以外，come 從原本的「接近某個場所」延伸為「接近……的狀態」，意即意思「變成……的狀態」；come clean 指「接近乾淨的狀態」，也就是指「接近透明、無所隱瞞的狀態」，延伸出的正確意思為「吐實、告白」；come ture 字面上的意思是「夢想接近現實」，所以正確的解釋為「實現」。

Come clean. 吐露實情吧。
His dream came true. 他的夢想實現了。

come up 的意思為「從低處往高處（up）來（come）」，因為是眼睛看不到的東西浮現出來，所以正確的意思為「發生事情或指活動或事件到來」，假如 come up 後面接 with，則具有「帶著……出現」的意思，正確的解釋為「想出來」。

來（come）浮出（表面）（up）▶▶▶ 發生（事情），（活動）到來，想出來（with）

Something **came up**.
發生事情了。

The fashion show is **coming up**.
時尚秀快到了。

You have to **come up** with a Plan B.
你必須想出替代方案。

come down 的意思為「下（down）來（come）」，有可能是東西或人從上面下來，雨也是從天空下到地面來的，人一旦生病就會躺著休息，也是躺下，即由上往下的意思；身體溫度、價格、數值如果往下降，則代表「退燒」。「打折」也是使用 come down。

來（come）往下（down）▶▶▶ 下來，患病（不太嚴重的）（with），（價格）打折

He will **come down** to eat dinner.
他會下樓來吃晚餐。

He **came down** with the flu.
他感染了流感。

Can you **come down** a little?
可以算便宜一點嗎？

03　進來的 **come in**

come in 的意思為「進來（come）裡面（in）」，人進來、或者進到火車、公車裡皆可使用。若 come in 後面接 for，例如 come in for a coffee，是說「進來喝杯咖啡」；此外，表明要「某種尺寸或顏色」時，也可以用 come in，通常會跟表示範圍的 in 一起出現，說的方式為 in yellow 或 in size 7。

進來（come）裡面（in）▶▶▶ 進來，衣服要……的顏色或尺寸

You can't **come in**.
你不能進來。

I saw the car **coming in**.
我看到車子進來了。

Does this shirt **come in** blue?
這件襯衫有藍色的嗎？

04　出來的 **come out**

come out 的意思為「出來（come）外面（out）」，電影、書本問世的「發售」也可以使用 come out，梳子上的梳齒、衣服的斑點、牙齒等的掉落也是 come out。

出來（come）外面（out）▶▶▶ 出來，發售，（從原來附著的地方）掉落（of）

Come out and play.
出來玩吧。

His new album **came out** in February.
他的新專輯在二月的時候發售了。

The bristles keep **coming out** of the brush.
梳子上的梳齒一直掉下來。

05 達到某種狀態的 **come to**

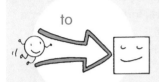

05　達到某種狀態的 **come to**

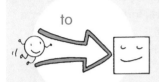

come to 的意思為「逼近（come）……的一方（to）」，可能逼近某人、事物，或者是具體的場所；當然，也有可能是逼近某種狀況，意即「達到某個狀態」；逼近決定，指「下決定」；逼近某個金額，就是指「達到某個金額」。

逼近（come）……的一方（to）▶▶▶ 來……，成為……，（總計）達到……

He came to my office.
他來我的辦公室。

They came to a decision.
他們下了決定。

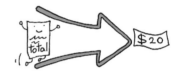

Your total comes to $20.
您的總金額是二十美金。

06　表示訪問的 **come over**

come over 字面上的意思為「從遠處移動到近處（over）而來（come）」，即為「路過、拜訪」，是以說話者為中心，表示對方朝著自己接近。另外，come over 也可以用來表示精神、心情上的轉變，表示「突然有感覺，有什麼情緒湧上心頭」。

來（come）越過（over）▶▶▶ 從遠處來，訪問（to），感覺到（某種心情）

Come over and sit next to me.
過來坐我旁邊吧。

Would you like to **come over** (to my place) this weekend for dinner?
你這週末要來（我家）吃晚餐嗎？

Something **came over** me and I bought an iPhone yesterday.
我大概是鬼迷心竅，昨天買了一支iPhone。

07　掉出來的 **come off**

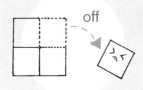

come off 的意思為「掉（off）出來（come）」，例如鈕釦「掉了」、鞋子「脫落了」、襯衫上面的污點「去掉了」、頭髮染色「掉了」以及「沾到」口紅等等，全都是從原來的地方分離出來的，所以使用 come off。另外，把沾到的東西去掉也是用 come off 表達，「墨水很容易就擦掉了」的英文為 This ink comes off well。

出來（come）被分開（off）▶▶▶ 掉落（鈕釦等），去掉，沾到（口紅等）

The button **came off**.
鈕釦掉了。

My shoes **came off**.
我的鞋子掉了。

Her lipstick **came off**.
她的口紅沾在上面了。

08　一起過來的 **come with**

come with 的意思為「跟……一起（with）過來（come）」，跟別人一起來就表示「與……同行」；在速食店點炸雞，會附贈胡椒粉、辣椒粉，像這樣會附送其它的物品，是為「附屬、附贈」。

過來（come）跟……一起（with）▶▶▶ 一起來，跟過來，伴隨……而來

I have to **come with** my mother or they won't let me in.
我得跟媽媽一起來，不然他們不讓我進去。

The book **comes with** a CD.
這本書有附贈一張 CD。

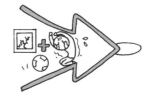

Bad behavior **comes with** a cost.
做壞事就得付出代價。

come by 的意思為「走來（come）附近（by）」；走近某地方附近是指「暫時路過」；若是走去某物品的旁邊，則表示取得，是為「把某物放到手裡、入手」。

走來（come）旁邊，附近（by）▶▶▶ 暫時經過，獲得，入手

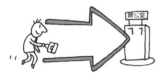

Come by my office.
來我的辦公室一下。

Playoff tickets will be hard to **come by**.
季後賽的票會很難買到。

How did you **come by** that information?
你是怎麼獲得那個消息的？

come along 的意思為「跟著……（along）而來（come）」，事情的進展跟所預料的一樣，是為「很順利、好轉」；隨著某人往目的地前進，則為「同行」，因為是跟著走，所以也有「抵達、出現」的意思。

來（come）跟著（along）▶▶▶（事情）進展的順利，跟隨，出現（機會）

My work is coming along well.
我的工作很順利。

Come along if you can keep up.
如果你跟得上就一起走吧。

A great opportunity **came along**.
一個很棒的機會出現了。

11 穿越而來的 **come through**

come through 的意思為「穿過什麼（through）而來（come）」，因此具有「克服困難，成功」的意思。

過來（come）穿過（through）▶▶▶ 穿越，堅持到底，長（牙齒）

Make way. **Coming through**.

讓路，我要過去了。

He **came through** in the end.

他終於做到了。

My wisdom teeth are **coming through**.

我正在長智齒。

12 結合為一的 **come together**

come together 的意思為「人或事物一起（together）來（come）」，表示「聚集、結合」，因為全都聚在一起了，所以也做「完成某事」解釋。另外，因為都在一起，所以又延伸有「和解、合作」的意思，如果此時的你想起披頭四所唱的 Come together right now over me（立刻到我身邊來），記憶力真的很好喔！

來（come）一起（together）▶▶▶ 聚集，完成，整理好

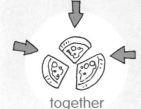

The entire family **came together**.

家人都聚在一起了。

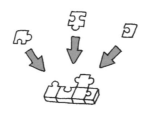

All the pieces of the puzzle **came together**.

拼圖都拼起來了。

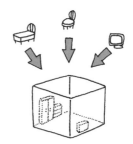

My room is **coming together**.

我的房間已經整理好了。

01　膠水開始掉了（不黏）。　　　　　　Glue's starting to come＿＿＿＿＿ .

02　襯衫上的這個斑污去不掉。　　　　　The stain in the shirt doesn't come＿＿＿＿＿ .

03　他順利完成了手術，並且被送進恢復室了。　He came＿＿＿＿＿ the operation successfully and was taken to the recovery room.

04　這個星期天順便來我家吃午餐吧。　　Come＿＿＿＿＿ my house this Sunday for lunch.

05　跟你的妹妹一起來玩。　　　　　　　Come＿＿＿＿＿ and play with your sister.

06　星期天順道來我家一下。　　　　　　Come＿＿＿＿＿ to my house on Monday.

07　雖然服用了藥物，血壓還是沒有下降。　My blood pressure won't come＿＿＿＿＿ with medication.

08　他們達成協議了。　　　　　　　　　They came＿＿＿＿＿ an agreement.

09　借我過一下。　　　　　　　　　　　I'm coming＿＿＿＿＿ .

10　他們組成一個隊伍了。　　　　　　　They came＿＿＿＿＿ as a team.

11　跟我過來。　　　　　　　　　　　　Come＿＿＿＿＿ with me.

12　所有的東西都在昨天進來了。　　　　Everything came＿＿＿＿＿ yesterday.

13　郵差每天都會經過。　　　　　　　　The postman comes＿＿＿＿＿ everyday.

14　釘子從牆上掉下來了。　　　　　　　A nail came＿＿＿＿＿ the wall.

15

A：十週年的高中同學會就快來臨了，但是我沒有合適的衣服可穿。　My 10-year high school reunion is coming ＿＿＿＿＿ . I can't seem to find anything to wear.

B：別開玩笑了！妳的衣櫃裡塞滿了衣服。　You have got to be kidding! You have a closet full of clothes.

單字　07 medication [ˌmɛdɪˋkeʃən] *n.* 藥　08 agreement [əˋgrimənt] *n.* 協議　15 reunion [rɪˋjunjən] *n.* 同學會

解答　01 off 02 off 03 through 04 by 05 out 06 over 07 down 08 to 09 through 10 together 11 along 12 in 13 by 14 off 15 up

＊數字與本書的動詞句說明編碼是一致的。

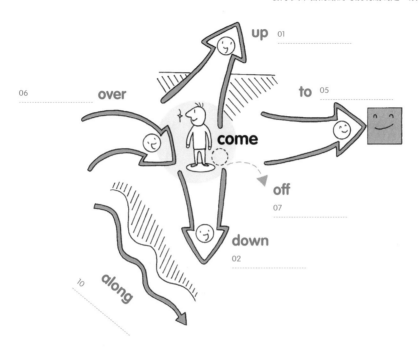

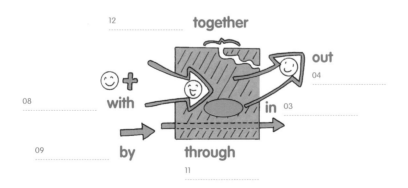

解答　01 發生（事情），（活動）到來，想出來（with）02 下來，患病（不太嚴重的）（with），（價格）打折 03 進來，衣服要
……的顏色或尺寸 04 出來，發售，（從原來附著的地方）掉落（of）05 來……，成為……，（總計）達到…… 06 從遠處
來，訪問（to），感覺到（某種心情）07 掉落（鈕釦等），去掉，沾到（口紅等）08 一起來，跟隨而來，伴隨……而來 09 暫
時經過，獲得，入手 10（事情）進展的順利，跟隨，出現（機會）11 穿越，堅持到底，長（牙齒）12 聚集，完成，整理好

A 請寫出下列片語的意思

01 be up _____

02 be over _____

03 be behind _____

04 be into _____

05 get on _____

06 get out _____

07 get down _____

08 get by _____

09 put out _____

10 put before _____

11 put around _____

12 put away _____

13 take off _____

14 take in _____

15 take to _____

16 take over _____

17 come up _____

18 come along _____

19 come over _____

20 come together _____

B 請依照中文意思寫出片語。

01 睡覺，（健康）變糟，減少 _____

02 追趕，追逐，尋找 _____

03 結束，脫離，以電話跟……聯繫 _____

04 在……領先（in），成功 _____

05 把……放進去，把……送進去，替……説好話 _____

06 往後擺，忘記 _____

07 載，雇用，負責任 _____

08 開始（事情、興趣），佔用（時間或空間） _____

09 一起來，跟過來，伴隨……而來 _____

10 掉落（鈕釦等），去掉，沾到（口紅等） _____

C 看圖然後在空格內填入適當的單字。

01

I'm _____ it.

我正在做。

02

I got _____ him.

我把他忘了。

03

Exams put us _____ stress.

考試使我們處於壓力之下。

04

Take _____ your words.

收回你的話。

05

My husband's job takes him _____ from home for weeks at a time.

我丈夫的工作讓他只能每幾個禮拜回家一次。

06

They came _____ a decision.

他們下了決定。

D 參考中文語意，在空格內填入適當的字。

01 這與我的信念相違背。　　It's _____ my beliefs.

02 我跟婆家的人相處的很好。　　I'm getting _____ well with my in-laws.

03 我讓我所有的小孩都接受大學教育。　　I put all our kids _____ college.

04 別拿我出氣。　　Don't take it _____ on me.

05 你是怎麼獲得那個消息的？　　How did you come _____ that information?

▶ 解答在290頁

去那裡，go！

go 的意思是「去」，基準點的定義恰恰好跟 come 相反，為「離基準點越來越遠」；「go＋場所」有時候單純只是表示從原來的場所離開，但是也有例外，譬如人或事物失去原來的功能或改變原來的狀態，這時就可以用來表達這些狀態功能的改變。

東西移動

除了人可以走以外，東西也可以走。

I **went** home. 我回家了。

Where does the book **go**?

這本書要放在哪裡？（這本書要去哪，要移動去哪？）

進行

Go 也可以表示「持續走下去」，也就是指「事情持續進行下去」，如果 go 的後面接形容詞，則具有「以某種狀態進行」的意思。

How did the interview **go**? 面試進行的如何了？

It **went** great. 很順利。

Everything **went** wrong. 每件事情都不順利。

The milk **has gone** bad. 牛奶壞掉了。

消失

最後，若離中心點「越來越遠」，則延伸為「消失，變不見」的意思。

My headache **has gone**. 我的頭痛已經減退了。

Everything must **go**. 全部都要出清。

Where did all the money **go**? 錢都到哪去了？

01　往上衝的 **go up**

go up 的意思為「由低的地方往上（up）去（go）」，人爬樓梯，升降機往上升都是 go up；另外，價格往上漲、體溫或價格等往上攀升，則做「數值或數量增加」解釋。如果建築物 go up in flames，意指「被燒毀」。

去（go）往上（up）▶▶▶ 往上，燒毀（in flames），（體溫、溫度、價格）上升

I **went up** the roof.
我爬到屋頂上去了。

The building **went up** in flames.
這棟建築物被燒毀了。

The price of milk has **gone up**.
牛奶的價格上漲了。

02　沈澱的 **go down**

6-2

go down 的意思為「從高處往低處（down）去（go）」，像是血壓下降、股價下跌等，只要是數值或數量減少的，都可以用 go down 表達；身體上的瘤、浮腫消退也是用 go down 來表示；如果是飛機 go down，則為「墜落」；船隻、水手 go down，則表示船隻「沈沒」。

去（go）往下（down）▶▶▶ 掉落，下去，（船隻、水手）沈沒，消腫

My blood pressure **went down**.
我的血壓降下來了。

The helicopter **went down** in a field.
直昇機墜落在一處田野間。

The bumps **went down** and disappeared.
腫塊已經消退了。

Verb 06 _去那裡，go！ 089

03　一起去的 **go with**

go with 的意思為「跟……一起（with）去（go）」，各位應該知道著名的電影《亂世佳人》的原文是 *Gone with the Wind* 吧？另外也經常被用來當「跟……很搭」解釋，像是領帶跟襯衫、魷魚配花生一樣，go with the flow（潮流）這句話是説「跟隨潮流」，I can't go with the flow 則表示「我沒有辦法隨波逐流」。

去（go）跟……一起（with）▶▶▶ 一起去，（跟……）很搭

I went with my friends.
我跟朋友一起去的。

This tie **goes with** your shirt.
這條領帶跟你的襯衫很搭。

Wine **goes with** Italian food very well.
葡萄酒跟義大利料理很搭。

04　沒有也無妨的 **go without**

go without 的意思為「在沒有……的狀況下（without）去（go）」，大家還記得 go 也有進行的意味嗎？所以 go 在這裡代表「在沒有……的情況下進行」，也就是「在沒有……的情況下生活、在沒有……的情況下苦撐」。除此之外，go without 也可以用來形容「不吃東西苦撐，無法接受教育」。

生活（go）沒有……（without）▶▶▶ 在沒有……的情況下，不……在苦撐，無法……

If he won't go, **go without** him.
如果他不想去，你就獨自去吧。

I went without food.
我沒吃東西。

I don't want my kids to **go without** a good education.
我並不希望我的孩子們沒有接受良好的教育。

05 選擇的 **go for**

go for 的意思為「朝著……的方向（for）去（go）」，因為是朝著某個方向，所以延伸出有「選擇……」的意思；此外也做「去做……」解釋。而向著目標，含有「努力想要爭取」的意味，就像 Go for it! 這句話一樣，若再加上對象與命令語氣，就是「加油！」的意思。

去（go）朝向……（for）▶▶▶ 選擇，去做……，努力想要爭取

She's not **going for** a black one.
她不會選黑色的。

Where can I **go for** help?
我該去哪裡尋求幫助呢？

We encouraged her to **go for** it.
我們鼓勵她去爭取。

06 去違反的 **go against**

go against 的意思為「去（go）違反（against）」，這裡的 go 代表進行，表示「在違反的狀態下進行」；在違反法律的狀態下進行就是「違法」，I don't want to go against the rules 意思就是「我並不想違法。」

去（go）違反（against）▶▶▶ 違反（法律），對抗……，違背……

I would never **go against** the law.
我絕對不會做違法的事。

I **went against** my dad because I thought I was right.
我頂撞了爸爸，因為我覺得自己是對的。

I **went against** their wishes.
我違背了他們的期望。

07 開始的 **go into**

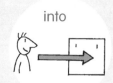

go into 的意思為「進去（go）（狀況）裡面（into）」，表示「某種狀況被進行」的意思。go into details 這句話是說「進去比較仔細的項目裡」，也就是「仔細說明」；像 go into politics，表示加入某種領域，也是以 go into 表達。此外，開始做某行動、某件事情也是 go into，因為必須進入某行動、某事情之內，才可以正式開始。

進去（go）……的（blue）裡（into）▶▶▶ 進去，開始，加入（領域）

Go into your room.
去你的房間。

She **went into** labor.
她開始陣痛（labor）了。

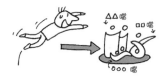

He **went into** politics.
他加入了政治行列。

08 去約會的 **go out**

go out 的意思為「去（go）外面（out）」，若接 for，則經常被用來表示「外出去……」，通常出去外面，有時候是吃吃飯，有時候則是看場電影，所以 go out 本身則延伸為「約會」的意思。如果是邀請函、信件去外面，就是指「寄送」；火跑到外面變不見，那就是指「熄滅」。

去（go）外面（out）▶▶▶ 出去，約會，寄送，（火）熄滅

Will you **go out** with me?
要不要跟我約會？

The invitations have **gone out**.
邀請函都寄出去了。

The light **went out**.
燈光熄掉了。

09 跨越的 **go over**

go over 的意思為「往上跨（over）過去（go）、越過」；如果 go over 後面接 to 接場所，表示「穿越……」。I went over to his house 這句話是說「我去他家」；而「往上跨」的意境，又延伸為「仔細查看……、調查」的意思。

去（go）越過（over）▶▶▶ 越過，穿越（to），查看

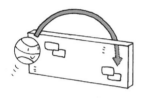

My basketball went over the wall.
我的籃球跑到牆外了。

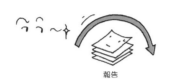

She went over my report.
她查看了我的報告。

10 破產的 **go under**

go under 的意思為「往下（down）走（go）」，既然是往下走，自然有「沈下去」的語感在，因此可用來形容「船沈下去」。「事業往下滑」，也就是指「破產、失敗」；「上手術台」的英文是 go under the knife，那是因為「走到刀下」，自然就是指「接受手術」的意思了。

走（go）往下（under）▶▶▶ 往下走，沈沒，破產

Please go under the table and find my pen.
請到桌子底下找我的筆。

The ship went under.
這艘船沈了。

My business went under.
我的生意失敗了。

11 移動的 **go to**

go to 的意思為「走（go）去（to）」，表示「移動到 to 後面出現的對象，或者是用在……身上」；錢走去慈善團體，就是「捐款」；食物走去垃圾桶，則表示「被丟掉」。此外「獎項去到某人的手上」的說法是 the award goes to，後面接人即可。

走（go）去……（to）▶▶▶ 用在……身上，賦予……

Mom, I can't **go to** sleep.
媽，我睡不著。

All the money **went to** charity.
所有的錢都捐給慈善團體了。

I hope all these food doesn't **go to** waste.
希望這些食物都不要被浪費掉。

12 走去旁邊的 **go by**

go by 的意思是「走去（go）旁邊（by），經過……」，如同電影《北非諜影》（Casablanca）裡的主題曲 As time goes by，也有「時間消逝」的意思。除了以上所說的，也可以當做「遵守規定，遵守」使用。

走去（go）旁邊（by）▶▶▶ 經過，（時間）流逝，遵守（規定）

I **went by** his place.
我去了他家。

Time is **going by** quickly.
時間過得很快。

I **go by** my mom's rules.
我遵守媽媽的規定。

13 脫離的 **go off**

go off 的意思為「脫離、分離（off）後走開（go）」，偏離線路、火車脫離軌道等，都是脫離原本依循的路線，所以使用 go off。Go off 後面接 to 場所時，意思是「去……」，He went off to college. 這句是說「他進了大學」。此外，像發射（子彈）、（炸彈）爆裂、（鬧鐘）鈴響、生氣、暴怒也都能用 go off 表達。

走開（go）分離（off）▶▶▶ 偏離（路線），（鬧鐘）響，生（氣）（on）

The train went off the track.
火車脫軌了。

The alarm went off.
鬧鐘響了。

My mom went off when I lied to her.
我只要說謊，媽媽就會抓狂。

14 消失的 **go away**

go away 的意思為「走（go）遠（away）」，也就是說「遠去、走掉」，因為走遠了，所以延伸為「消失、不見」；有一首年代久遠的流行歌曲，歌名就是 If you go away，歌詞也是以 If you go away 做為開端或結尾。各位在讀完這本書之前，可千萬不能先落跑喔！

走（go）遠（away）▶▶▶ 離開，不見，消失

Go away!
走開！

My pain has gone away.
痛苦不見了。

His smile started to go away.
他的微笑已經開始消失。

15 繞來繞去的 **go around**

go around 的意思為「轉來轉去,繞(around)……去(go)」。蛋糕 go around,表示「以……等分分配」;消息 go around 為「消息傳開、流傳」,go around spreading rumors 這句話是說「八卦傳了開來」。

去(go)繞圓,到處(around)▶▶▶ 在……打轉,繞來繞去,(消息)傳開

The belt **goes around** the waist.
皮帶繫在其腰間上。

There is enough cake to **go around**.
這些蛋糕夠分配給大家。

There is a rumor g**oing around**.
有一個傳言正流傳著。

16 回去的 **go back**

go back 的意思為從原來的位子「回(back)去(go)」,只要在想回去的場所或對象前面接上 to 即可,想回去的可以是場所、時間、人等等,什麼都可以接。各位想回去哪裡呢?學校?還是童年?

去(go)回(back)▶▶▶ 回去……(to),回到……(to)

I have to **go back** to the office.
我必須回辦公室

I **went back** to sleep.
我去睡回籠覺。

Don't **go back** to your ex-boyfriend.
不要回去妳前男友身邊。

17 徹底翻遍的 **go through**

through

go through 的意思為「穿過（through）去（go）」，因為是穿過去所以被引用來當作對於痛苦、困境的「突破、經歷……、遭受」；某一首非常瀟灑的歌曲就套用了這個片語，I don't wanna talk. About the things we've gone through.（我並不想說，對於我們的那些經歷）。此外，為了找某物而翻來翻去的動作也是 go through。

去（go）通過……（through）▶▶▶ 遭受，歷經，翻找

I **went through** a lot of pain after breaking up with my boyfriend.
跟男友分手後，我經歷了許多痛苦。

My cellphone **went through** the wash.
我把手機丟進洗衣機裡洗了。

He **went through** my bag.
他翻遍了我的包包。

18 沿著去的 **go along**

along

go along 的意思為「跟著（along）……去（go）」，若是跟著人去，則是指「一起走」；跟著某人的想法、計畫走，那就意味著「同意、贊成……的想法或計畫」。

去（go）跟著……（along）▶▶▶ 與……同行（with），同意，追隨（計畫、規定）

I **went along** with my brother.
我跟弟弟一起去。

I will **go along** with your idea.
我同意你的想法。

She will **go along** with your plan.
她會跟著你的計畫。

01 我的股票下跌了。　　　　My stocks went_____.

02 一整天下來，她的體溫一會兒高　Throughout the day, her fever has gone_____
一會兒低的。　　　　　　and_____.

03 頂撞長輩與我所接受的家庭教育　It goes_____my upbringing to talk back to
相違背。　　　　　　　an older person.

04 她翻找了我的信件。　　　She went_____my mail.

05 他去調查我這幾個月以來手機的　He went_____my cell phone records for the
使用紀錄。　　　　　　past month.

06 有一個炸彈爆炸了。　　　A bomb went_____.

07 他的專輯馬上躍升為第一名。　His album went straight_____number one.

08 我會選藍色的熊而不是紅色的。　I was going_____a blue bear, not a red one.

09 味道並沒有消失。　　　The smell won't go_____.

10 這個大型購物中心的計畫正走向失敗。　The big mall project was going_____.

11 再去檢討一下目錄。　　　Go_____that list again.

12 我不曉得該去哪處請求支援。　I have no idea where to go_____help.

13 我想找回失去的信任，重新回到　I want to earn my friend's trust back and go
朋友關係。　　　　　　_____to being friends.

14

| A：媽，我想要養倉鼠。 | Mom, I want a hamster. |
| B：你現在太小還不能養寵物，養寵物是需要許多責任的。 | You're too young to take on the responsibility of a pet. A lot of responsibility goes_____ owning a pet. |

單字 03 upbringing [ʌp`brɪŋɪŋ] *n.*（幼兒期的）教育

解答 01 down 02 up, down 03 against 04 through 05 over 06 off 07 to 08 for 09 away 10 under 11 over 12 for 13 back
14 with

＊數字與本書的動詞句説明編碼是一致的。

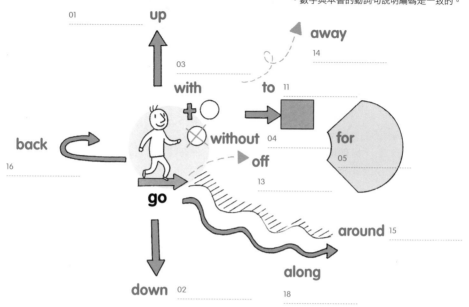

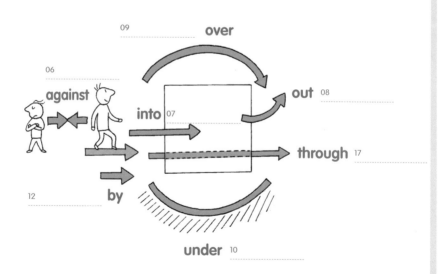

解答 01 往上，燒毀（in flames），（體溫、溫度、價格）上升 02 掉落，下去，（船隻、水手）沈沒，消腫 03 一起去，（跟……）很搭 04 在沒有……的情況下，…… 在苦撐，無法…… 05 選擇，去做……，努力想要爭取 06 違反（法律），對抗……，違背…… 07 進去，開始，加入（領域）08 出去，約會，寄送，（火）熄滅 09 越過，穿越（to），檢討 10 往下走，沈沒，破產 11 用在……身上，賦予…… 12 經過，（時間）流逝，遵守（規定）13 偏離（路線），（鬧鐘）響，生（氣）（on）14 離開，不見，消失 15 在……打轉，繞來繞去，（消息）傳開 16 回去……（to），回到……（to）17 遭受，歷經，翻找 18 與……同行（with），同意，追隨（計畫、規定）

Verb 07 （have）
什麼都可以擁有的 have

Have 的意思為「擁有」，不像 get 是無中生有，也不像 take 是很積極去爭取而來的，表示原本就有的狀態，中文通常解釋為「有」。

Have 所擁有的對象從具體的物品、人，甚至是狀況都包含在內，幾乎沒有限制；擁有食物就是指「吃東西」，擁有感冒等疾病就是指「生病」，擁有時間就是「度過時間」，擁有人則是指「以客人待之」的意思。

擁有，有……

I **have** a car. 我有車。
I **have** plans. 我有計劃。
I **have** three children. 我有三個小孩。
Let's **have** pizza. 來吃比薩吧。
I **have** a cold. 我感冒了。
We **had** a wonderful time. 我們度過了快樂的時光。
I'm so glad to **have** you here. 我很高興你來了。

有……的屬性

Have 還可以用來表示主詞具有「某種屬性」，主詞可以是人也可以是事物。

She **has** long hair. 她的頭髮很長。
The chair **has** four legs. 椅子有四隻腳。
A week **has** 7 days. 一個星期有七天。

使……

Have 從原本的「使……變成有……」擴展為「使……做……、讓……做」的意思。

I **had** him wash my car. 我叫他去洗我的車子。
I **had** my lessons videotaped. 我把上的課錄下來了。

01　表示招待的 **have in**

in

have in 的意思為「有（have）在裡面（in）」；使人在裡面就是「邀請來家裡、招待」；讓東西進來裡面就是「儲存」。若是情感（it）在裡面，表示「擁有嫌惡感或怨恨」；換句話說就是指「心中懷著嫌惡感或怨恨」，像這種情況，會在 for 後面表明情感的對象。

擁有（have）在裡面（in）▶▶▶ 叫（來家裡），懷有怨恨（have it in for）

I **had** the plumber **in** last night to repair the pipes.
昨天晚上我叫水管工人來修水管。

I **have** it **in** for him.
我不喜歡他。

I **have** pain **in** my left arm.
我的左腳在痛。

02　暢所欲言的 **have out**

out

have out 的意思為「掏出來（have）外面（out）」，意指「把想說的話或感情（it）全部吐露出來」，也有「敞開、討論、吵架」的意思，如果要把對象明示出來，只要在後面加 with 即可。

擁有（have）往外（out）▶▶▶ 拿出來，（說出來後）下結論（with）

We're not allowed to **have** our cellphone **out** in school.
在學校中，我們不被准許使用我們的手機。

I **had** it **out** with him.
我跟他一起把事情攤開來討論。

have on 的意思為「把……貼（on）著（have）」，主要在表明附著狀態，如果對象物是衣服，就是指「穿著」；若是手機等電子產品，則表示「開著」的意思。

擁有的狀態（have）貼附著，運轉中，進行中（on）▶▶▶ 穿著，開著

I **have** a sweater **on** me.
我穿著一件毛衣。

I **have** my cellphone **on** all the time.
我總是把手機開著。

have against 的意思為「正在（have）對抗（against）、面對」，延伸的意思有「把椅背靠在牆壁上、因為某個理由而討厭……」以及「不喜歡」。

擁有（have）面對，對抗（against）▶▶▶ 靠著，因為某理由而討厭……，不喜歡

I **had** a chair **against** the wall.
我讓椅子靠著牆壁。

What do you **have** **against** me?
你為什麼討厭我呢？

I **have** nothing **against** what you said.
我不反對你所說的。

have up 的意思為「正在（have）把……放到上面（up）、立起來」，也可以做「把……掛上去」解釋。把照片上傳（post）到網路上也可以使用 have up；此外，「把人立在法院裡」，代表的意思是「對……起訴」，若要表明原因，可以在後面接上 for 再說明理由。

正在（have）往上（up）▶▶▶ 掛，放到上面，（以……理由）起訴（for）

I **had** the picture **up** on the wall.
我把照片掛在牆壁上。

I **had** my picture **up** on an online dating site.
我把自己的照片上傳到一個線上交友網站。

We **had** him **up** for murder.
我們以殺人罪將他起訴。

06 放下來的 **have down** 🎧 7-6

have down 的意思為「放（have）下來（down）」，可以想像放下來後擺好固定的情境，所以延伸為「以……定局」的意思，換言之就是「把人事物看做是……」。此外，帶著人下鄉，就是指「招待某人去鄉下」，如要表達「邀請某人去都市」，只要改成 up 就可以了。

帶著（have）往下，固定（down）▶▶▶ 下去，邀請（至鄉下），看做是……（as）

I **had** my friends **down** for the weekend.
我週末邀請朋友來家裡。

I **had** it **down** as true.
我以為那是事實。

I **had** him **down** as a nut case.
我覺得他是怪人。

have back 的意思為「拿（have）回來（back）」，表示「收回來、找回來」；若是把人收回來，意味著「再次接納分手的情人或同事」。

拿（have）回來（back）▶▶▶ 收回，再次接納（已經離開的人）

Can I **have** my book **back**?
我可以把我的書拿回來嗎？

We were glad to **have** him **back**.
我們很高興他回來了。

01 我把照片掛在牆壁上。　　　　　　I had the picture＿＿＿＿＿on the wall.

02 你穿什麼呢？　　　　　　　　　　What do you have＿＿＿＿＿?

03 我昨天繫了領帶。　　　　　　　　I had a tie＿＿＿＿＿yesterday.

04 我可以拿回我的網球嗎？　　　　　Can I have my tennis ball＿＿＿＿＿?

05 我們認為他就是嫌疑犯。　　　　　We have him＿＿＿＿＿as a suspect.

06 你的鞋子好像穿反了。　　　　　　It looks like you have your shoes＿＿＿＿＿
the wrong feet.

07 如果家裡有這個東西應該不錯。　　It would be nice to have it＿＿＿＿＿the house.

08 我沒有錢。　　　　　　　　　　　I haven't got any money＿＿＿＿＿me.

09 我以為她是不錯的女孩子，　　　　I had her＿＿＿＿＿as a good girl, but I was
但沒想到我錯了。　　　　　　　　wrong.

10 我並沒有討厭你。　　　　　　　　I have nothing＿＿＿＿＿you.

11 他一整天都開著電視。　　　　　　He has the TV＿＿＿＿＿all day long.

12 我覺得有必要請她來參加我的生日宴會。　I felt obligated to have her＿＿＿＿＿my birthday party.

13 我需要和他討論。　　　　　　　　I need to have it＿＿＿＿＿with him.

14

　　A：怎麼了？　　　　　　　　　What's wrong?

　　B：三明治裡有沙子。　　　　　　My sandwich has sand＿＿＿＿＿it.

表達　13 obligate[ˋɑblə͵ɡet] *adj* 必要的

解答　01 up 02 on 03 on 04 back 05 down 06 on 07 in 08 on 09 down 10 against 11 on 12 in 13 out 14 in

* 數字與本書的動詞句說明編碼是一致的。

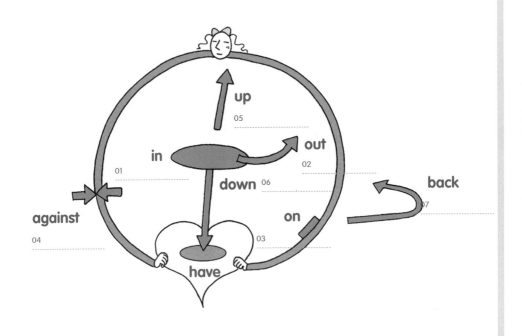

解答　01 叫（來家裡），懷有怨恨（have it in for），有 02 拿出來，（說出來後）下結論（with）03 穿著，開著 04 靠著，因為某理由而討厭……，不喜歡 05 掛，放到上面，（以……理由）起訴（for）06 下去，邀請（至鄉下），看做是……（as）07 收回，再次接納（已經離開的人）

make

從無到有的 make

make 的意思為「製造」，除了眼睛可見到的有形體以外，抽象類的概念，諸如工作、機會、失誤、問題、意義、時間等也可以被製造出來，所以意思從原本的「製造」延伸為「成功、做到」的意思。

製造

He **made** a fire. 他生火了。
I **made** a mistake. 我犯了一個錯誤。
Make it or break it. 不成功便成仁。
You can **make** it. 你做得到。

成為

主要用來形容人或事物因為具有某種特質，表示「被塑造成……」，也就是「成為……」的意思。

She will **make** a good teacher.

她一定可以成為一個好老師。

Three and four **make** seven. 三加四等於七。

做成

Make 從原本「把人或者是事物塑造成……」的意思延伸為「使得、使成為」，強制進行的意味比 have 和 let 還要強烈。

He **makes** me laugh. 他讓我笑了。
The smell **makes** me sick. 這怪味讓我想吐。

此外，make 從原本的「使向著……」的意思延伸為「移動」。

Can you **make** it to the party? 你可以來派對嗎？

01 了解的 **make out**

make out 的意思為「做（make）出來（out）」，因為是做出來讓人可以看得到，所以也具有「進行」的意味；若跟 with 一起用，則表示「跟……感情很好」，正因為感情很好，所以也有「擁抱親吻」的意思。這點必須留意，把不知道的事情、看不見的事情呈現出來，使之能被理解、判別，所以延伸為「了解、分辨」的意思。

做（make）出來（out）▶▶▶ 進行，了解，愛撫

How did you **make out** on the exam today?
今天考試的結果如何？

I can't **make out** your handwriting.
我實在看不懂你的筆跡。

He was **making out** with my girlfriend.
他正在跟我女朋友親熱。

02 使產生變化的 **make into**

還記得在暖身運動單元裡提到 into 具有變化的意思嗎？因為是從 A 狀態進入到 B 狀態，才延伸有「變化」的意思，所以 make into 的意思即為「製造（make）變化（into）」。

使（make）進入……（into）▶▶▶ 做成……

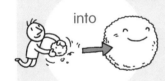

Don't **make** this **into** a big thing.
別把這個變成大問題。

I'd like to **make** this room **into** an office / living room.
我想把這個房間變成辦公室／客廳用。

I **made** an old pair of jeans **into** a purse.
我把一件舊牛仔褲作成了手提包。

make up 的意思為「做（make）起來（up）」，表示一直往上堆疊到某個極限，或是呈 up 的狀態，換句話說即為「做到良好的狀態、完整的狀態，把心疊起來」，表示「決定」。把話語堆疊起來，就是「構成……、編造」，把化妝品疊在臉上，就是指「化妝」的意思了。

做（make）起來（up）▶▶▶ 決定（one's mind），編造（故事），化妝

I already **made up** my mind.
我已經下定決心了。

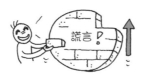

He **made** the whole story **up**.
他編造了整個故事。

Guys don't like girls who are too **made up**.
男孩子們並不喜歡化濃妝的女孩。

編造跟彌補的 **make up** 🎧 8-3

又或者將事物、工作上不齊全的部分，補足到良好、完整的狀態，這時代表的意義為「彌補、補充」，可以加 **for** 來明示彌補的內容；如果是要修復跟某人決裂的關係，又代表什麼意義呢？當然是「和好」囉！

做（make）起來（up）▶▶▶ 彌補（for），挽回，和好

I need to **make up** for forgetting my wife's birthday.
我必須彌補我忘記老婆生日這件事。

Because I received a D in algebra, I have to **make** it **up** in summer school.
因為我的代數學得到 D，所以必須靠上暑修來補回。

Let's kiss and **make up**.
讓我們親一下然後和好吧。

04 邁向的 **make for**

看到 make for，可以在腦海裡想像「為了朝向（for）……而鋪路（make）」的情境，因為是使朝著……方向前進，所以延伸的意思為「走向……」；「走向海邊」的英文為 make for the shore。

使（make）朝向（for）▶▶▶ 朝著，往……走

She **made for** home alone.
她一個人走回家。

He **made for** the door.
他朝著門的方向走。

05 急忙離開的 **make off**

make off 的意思為「使（make）離開（off）原位」，意即「急忙離開、逃走」的意思；如果跟 with 一起使用，則表示「拿著……跑走」或是「偷走」。「扒手偷走我的錢包」的英文為 A pickpocket made off with my purse。

使（make）離開，分離（off）▶▶▶ 急忙離開，偷走（with）

Someone **made off** with my umbrella.
有人拿走我的雨傘。

The thief broke into my car and **made off** with some valuables.
小偷破窗進入我的車，偷走了貴重物品。

01 讓我彌補你吧。　　　　　　　　Let me make it＿＿＿＿to you.

02 我沒辦法做個明確的決定。　　　I haven't made＿＿＿＿my mind for sure.

03 這是他編造出來的。　　　　　　He made it＿＿＿＿.

04 我不懂你在説什麼。　　　　　　I can't make＿＿＿＿what you're saying.

05 別再編造藉口了。　　　　　　　Don't make＿＿＿＿excuses.

06 我用舊 T 恤做了一件三角背心。　I made my old T-shirt＿＿＿＿a halter top.

07 我們把多餘的寢室變成客房。　　We made the extra bedroom＿＿＿＿a guest room.

08 我想跟她和好。　　　　　　　　I want to make＿＿＿＿with her.

09 我該怎麼補償你才好呢？　　　　How can I make it＿＿＿＿to you?

10 我會挽回虛度的光陰。　　　　　I'll make＿＿＿＿for lost time.

11 他和我妹妹親熱。　　　　　　　He made＿＿＿＿with my sister.

12 扒手把我的 iPOD 偷走了。　　　A pickpocket made＿＿＿＿with my iPod.

13 我完全無法理解她的想法。　　　I can't make her＿＿＿＿at all.

14 我看到他們在電影院裡面親熱。　I saw them making＿＿＿＿in the theater.

15

　A：別再編造荒唐的理由了，　　　Stop making＿＿＿＿lame excuses. I want to
　　我們分手吧。　　　　　　　　break up with you.

　B：真的對不起，我會彌補妳的，　I'm so sorry. I'll make＿＿＿＿to you,
　　我發誓，我們和好吧。　　　　I promise. Let's make＿＿＿＿.

表達 06 halter top [ˋhɔltəˏtɑp] 三角背心（衣服前頭綁帶，露出背部的衣服）

解答 01 up 02 up 03 up 04 out 05 up 06 into 07 into 08 up 09 up 10 up 11 out 12 off 13 out 14 out 15 up, up, up

*數字與本書的動詞句説明編碼是一致的。

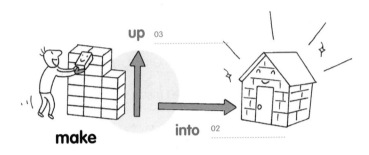

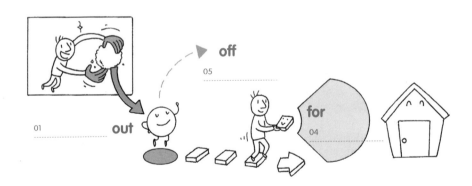

解答　01 進行，了解，愛撫 02 做成…… 03 決定（one's mind），編造（故事），化妝，彌補（for），挽回，和好 04 朝著，往
……走 05 急忙離開，偷走（with）

帶來的 bring

bring 給人的基本印象跟 come 一樣，都是朝著自己或者是對方的所在之處接近，不只是自己一個人，而是帶著物品或人過來的，跟帶著某物遠離自己的 take 概念正好相反。

帶……過來

基本意思為「帶著什麼走過來」，如果是人，那就是「帶過來」、「帶著」。

Did you **bring** your passport? 你帶你的護照過來了嗎？

Bring your boyfriend with you. 帶你男朋友過來。

帶狀況過來

也可以指帶感情、變化等這類「抽象概念」過來。

He **brought** many changes to our school. 他為我們學校帶來許多變化。

He **brings** me great joy. 他為我帶來莫大的歡樂。

帶過來

不管是什麼，東西也可以當主詞，帶著人、事物過來。

What **brings** you here? 什麼風把你吹來這兒了？

上面這句話字面上的意思是詢問對方，什麼事情促使你來到這裡。

01 拉上來的 **bring up**

bring up 的意思為「帶（bring）到上面去（up）」，也就是「拉上來」；把話題拉上來表示「開啟話題」；把人拉拔上來就是「養大成人」，換句話說就是「養育、撫養」的意思；如果是數值、數量被拉上來，那就是指「增加、提高」。

帶（bring）到上面（表面）（up）▶▶▶ 開啟（話題），撫養（小孩），提高

He **brought up** the subject of marriage.
他開啟了結婚的話題。

I was **brought up** by my grandmother.
我是被我奶奶帶大的。

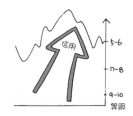

I need to **bring** my credit rating **up** to buy a house.
為了買房子，我必須提高信用等級。

02 拉下來的 **bring down**

bring down 的意思為「帶（bring）下來（down）」；把人往下拉，就成為「使心情低落」，引申為「使憂鬱、使破滅」之意；把數值往下拉，意味著「降低數值」；將浮腫往下拉，那就是「消腫」的意思了。

帶（bring）下來（down）▶▶▶ 拉下來，使憂鬱，消腫

I can't **bring down** the cat from the tree.
我沒辦法把貓咪從樹上拉下來。

I didn't mean to **bring** you **down**.
我不是故意要使你失望。

What can I do to **bring** the swelling **down** faster?
我該怎麼做才能快速消腫呢？

03 賺進的 **bring in**

bring in 的意思為「帶（bring）進來（in）」，依照所帶進來的東西，可解釋為「把錢賺進來、把人帶進來、導入新制度」等等。

帶（bring）進來（in）▶▶▶ 帶進來，賺進，帶來

She **brought in** a birthday cake to share with us.
她帶來一個生日蛋糕來跟我們一起分享。

My job **brings in** 2 million won a month.
我的工作每個月為我賺進兩百萬韓圜。

I'm going to **bring in** a chef to cook everything for my party.
我會帶一位廚師來準備派對全部所需的食物。

04 帶出去亮相的 **bring out**

bring out 的意思為「帶（bring）出去（out）」，帶新事物出去，表示「推出新產品、新書等等」，因為具有帶出場的意味，所以也可以解釋為「突出、使顯眼」。

帶（bring）出去（out）▶▶▶ 推出（新產品），拿出來，使突出

They **brought out** a new book.
他們推出了新書。

I **brought out** some wine.
我拿出了幾瓶葡萄酒。

This color will **bring out** your eyes.
這個顏色能更襯托出妳的眼睛。

引發事件的 **bring on**　

bring on 的意思為「帶來（bring）貼上（on）」，也就是指「帶來進行」，正確的解釋為讓演員、參加者「登場、請出場」，或是事件、狀況的「發生、引起」；把病痛帶過來貼在人的身上，就是指「引發疾病」。

帶過來（bring）貼上，使之進行（on）▶▶▶ 請來，帶來，引起

Bring on the next contestant.

請下一個參賽者出場。

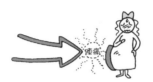

I walk every day to help **bring** labor **on**.

為了加速陣痛更快到來，我每天都會散步。

The rain has **brought on** colder weather.

下雨讓天氣更冷了。

回想的 **bring back**　

bring back 的意思為「帶（bring）回去原來的地方（back）」，重新把記憶帶回來，就是指「回想」；把死去的人帶回來，就是「使活過來」。此外，提到 bring back，會不會讓你聯想到什麼歌曲呢？Love of my life can't you see Bring it back, bring it back 這句歌詞就是來自於英國皇后合唱團 Queen 所唱的 Love of My life。

帶（bring）回來（back）▶▶▶ 帶回來，使想起來，使活過來

I couldn't **bring** the book **back** in time.

我沒辦法準時歸還書籍。

This song **brings back** memories.

這首歌喚起了我的回憶。

Nothing will **bring** her **back**.

她已經回天乏術了。

說服的 **bring around**

bring around 的意思為「把……帶來（bring）附近（around）、帶過來」，也有「把因為想法迥異而無法在一起的人帶過來身邊」的意象，換句話說就是「說服對方使之贊成」。

帶（bring）過來，扭轉（around）▶▶▶ 帶來……的周圍，使贊成

I don't want to **bring** my children **around** people who are sick.
我並不想讓我的孩子們接觸生病的人。

She was against my idea, but I **brought** her **around**.
雖然她反對我的想法，但我還是說服了她，使她同意。

拉過來的 **bring to**

bring to 表示把人事物、情況「帶到（bring）某個地點、結果、狀態（to）」，解釋成「使……、使達到……」；把會議拉到結尾，就是「結束會議」；把水拉到沸騰的狀態，就是「煮開」。另外，如果用否定句表達 can't bring oneself to……，則表示「不想要……，不被吸引」。

帶來（bring）某個地點（to）▶▶▶ 使……，使達到……

Let's **bring** the meeting **to** a close.
我們結束會議吧。

I can't **bring** myself **to** tell him.
我無法開口告訴他。

Bring the water **to** a boil.
去把水煮開。

01 媽媽帶來了件結婚禮服。　　My mom brought＿＿＿＿＿a wedding dress.

02 都是我媽在賺錢的。　　My mom brings＿＿＿＿＿most of the money.

03 若沒在預訂的時間內還書會怎麼樣呢？　　What if I can't bring it＿＿＿＿＿in time?

04 下次我會帶更多的人過來。　　I'll bring＿＿＿＿＿more people next time.

05 雖然她不是很想去，但我們終究說服了她。　　She didn't want to go, but we eventually brought her＿＿＿＿＿.

06 把它結束掉吧。　　Bring it＿＿＿＿＿an end.

07 讓我們把他們叫回來吧。　　Let's bring them＿＿＿＿＿out.

08 請歌手出場。　　Bring＿＿＿＿＿the singer.

09 他帶來了食物。　　He brought＿＿＿＿＿the dishes.

10 事情因你而起，你自己去解決。　　You've brought this＿＿＿＿＿, so you take care of it.

11 他提起我喝酒的問題。　　He brought＿＿＿＿＿my drinking problem.

12 我沒辦法違背我的母親。　　I can't bring myself＿＿＿＿＿go against my mom.

13 我一個月的薪水是三百萬韓圜。　　My job brings＿＿＿＿＿three million won a month.

14 我的血糖太高，所以必須降低它。　　I have high blood sugar and need to bring it＿＿＿＿＿.

15 醫生把他救活了。　　The doctor brought him＿＿＿＿＿.

16

A：我們靠微薄的固定薪水過活，所以沒法子買新車。	We're on a small fixed income. We can't afford a new car.
B：我們必須再多賺點錢。	We need to bring＿＿＿＿＿more money.

單字 14 blood sugar 血糖 16 fixed income 固定收入

解答 01 out 02 in 03 back 04 in 05 around 06 to 07 back 08 on 09 out 10 on 11 up 12 to 13 in 14 down 15 back 16 in

*數字與本書的動詞句説明編碼是一致的。

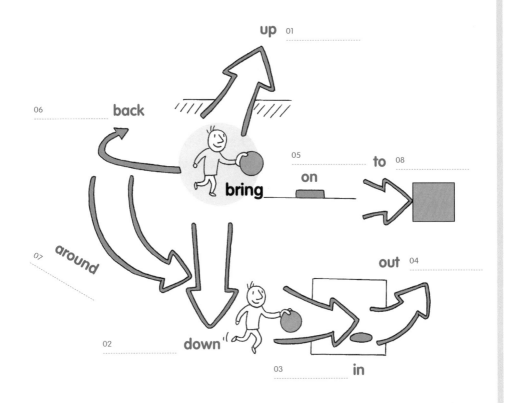

up 01 ....

06 .... back

05 .... to 08 ....

on

bring

around
07 ....

out 04 ....

02 .... down

03 .... in

解答　01 開啟（話題），撫養（小孩），提高 02 拉下來，使憂鬱，消腫 03 帶進來，賺進，帶來 04 推出（新產品），拿出來，使突出 05 請來，帶來，引起 06 帶回來，使想起來，使活過來 07 帶來……的周圍，使贊成 08 使……，使達到……

keep

維持下去的 keep

keep 所代表的意思為「持續維持」，不去做其它動作，只是持續進行同樣動作的意境，延伸為「使不能做其它的行為動作、妨礙」。

持有，保管

當 keep 後面接眼睛可見的東西時，意思為「持有、保管、管理」。

Keep the change. 不用找零了。
Where do you **keep** your books? 你都把書放在哪呢？

遵守承諾、秘密

維持肉眼看不見的承諾、秘密時，意指「遵守承諾或秘密」。

He always **keeps** his word. 他總是信守諾言。
Can you **keep** the secret? 你可以守住這個秘密嗎？

抓起來，揪住

若把一個人 keep 住，意指「把人抓起來、纏住」。

What's **keeping** you? 什麼事把你纏住了？（為何晚到？）
She **kept** me from leaving. 她緊緊抓住我不讓我離開。

keep 也可以是維持特定的動作或狀態，這時解釋為「持續做……動作、持續維持……的狀態」。

Keep breathing. 持續呼吸。
Keep the door open. 把門開著。

不落人後的 **keep up**　　　　　　　　　　　　　🎧 10-1

up

keep up 的意思為「維持（keep）在高峰狀態（up）」，所謂的高峰狀態，並非物理層面上的高峰，而是指醒了、良好的狀態，也可以用來表達水準生活、學業等不落於人後。

維持（keep）在高峰（up）▶▶▶ 維持，使晚上無法入眠，持續（the good work）

Keep your chin **up**.
把下巴抬起來（振作精神）。

My baby **kept** me **up** all night.
小孩使我一整夜沒睡。

Keep up the good work.
繼續保持（好成績）下去。

---

02 減少的 **keep down**　　　　　　　　　　　　　🎧 10-2

down

keep down 的意思為「維持（keep）低狀態（down）」，正確的釋意為「壓低身體、減低音量、減少經費」；另外「把食物 keep 在下方」表示「把食物吞下肚、下嚥」。

維持（keep）低狀態（down）▶▶▶ 吞食，降低（音量），減少（費用）

  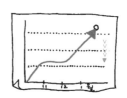

I can't **keep** my food **down** at all recently.
我最近都無法進食。

Keep down the noise.
把音量降低。

How do I **keep** my gas bill **down** during winter?
怎樣做我才可以減少冬天的瓦斯費呢？

keep on 的意思為「保持（keep）貼緊（on）」，像是不要把衣服脫掉，沒有把 OK 繃、價格標撕起來等等都是；此外，也可以用來表示「不要停止某個動作、繼續做下去」。湯姆・瓊斯 Tom Jones 所唱的歌曲中，其中一首歌的歌詞是 Keep on running, keep on hiding...（繼續跑，繼續躲起來吧…）；像這樣又跑又躲的，最後有被抓到嗎？答案就在歌詞裡囉。

繼續（keep）貼緊，使繼續進行（on）▶▶▶ 不撕下來，穿著，繼續做……（ing）

Keep the tag **on** just in case.
為了以防萬一，價格標籤先別撕下來。

Keep your socks **on**.
繼續穿著你的襪子。

Keep on singing.
繼續唱歌吧。

keep off 的意思為「保持（keep）分開的狀態（off）」，言下之意就是「使無法靠進、使遠遠地分開」；各位是不是經常看到 Keep off the grass 這句話呢？這句話是說「請勿踐踏草地」；此外，從基本的意思也延伸有「避開特定話題、不吃特定食物」的意味，例如 keep off junk food 是說「遠離垃圾食物」。

保持（keep）分開的狀態（off）▶▶▶ 使無法靠近，避開（特定話題），不吃

Keep the dog **off** the bed.
別讓狗爬上床。

We **kept off** the subject.
我們避開了那個話題。

Keep off alcohol.
離酒遠一點。

保管的 **keep in** 🎧 10-5

keep in 的意思為「持續（keep）在裡面（in）」，引用為「保管於內、留下來而不送出去」；如果是把情感、怒火、話語等持續放在心裡面，則表示「忍住情感或怒火、壓抑」的意思。

持續（keep）在裡面（in）▶▶▶ 使無法離開，留校察看，留心（mind）

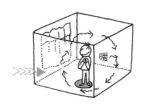

Shut your curtains to **keep the warmth in**.
把你的窗簾拉上，別讓暖氣跑出去。

The teacher **kept** the students **in** after school.
老師讓學生們放學後留下來。

Keep it **in** mind.
好好牢記著。

06 被擋在門外的 **keep out** 🎧 10-6

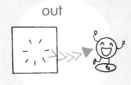

keep out 的意思為「保持（keep）在外面（out）」，讓東西一直在外面，表示「放在外面，或者別讓它進來」；若是擺在狀況之外，則是指「使不陷入該情況」的意思。

保持（keep）在外面（out）▶▶▶ 使無法進入，阻擋，使不會陷入（困境）（of）

Keep the dog **out**.
把狗放在外面。

We hung up curtains to **keep out** the cold.
我們把窗簾拉上，以防止冷風灌入。

He will **keep** us **out** of trouble.
他不會讓我們陷入困境的。

keep to 的意思為「繼續（keep）朝著……（to）」，意思延伸為「不會脫離……、繼續跟著……」；不脫離要點，就表示「守著」，只說重點；若不脫離承諾或秘密，就是指「遵守」。keep to the schedule 這句話是說「按時完成計畫」。

繼續（keep）朝著……（to）▶▶▶ 繼續在……，堅守（不偏離主題），遵守（承諾或秘密）

Keep to the left.
靠左側通行。

Keep to the point !
說重點！

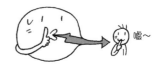

Keep it **to** yourself.
你知道就好（別告訴別人）。

keep from 的意思為「拖曳到（keep）遠處（from）」，既然是拖曳到遠處使之無法接近，所以意味著「阻止」。音樂劇《髮膠明星夢》當中有一具台詞是這樣的：Oh Tracy, they can keep us from kissing, but they can't stop us from singing（雖然他們可以阻止我們接吻，但是卻無法不讓我們唱歌！

拖曳（keep）到遠處（from）▶▶▶ 阻止，使不能……，抑制

She **kept** me **from** leaving.
她阻止我離開。

I need some tips to **keep from** snacking before bed at night.
我需要一些避免在睡前吃宵夜的訣竅。

Her pride kept her from admitting that she was wrong.
她的自尊心使她無法承認她錯了。

09 遠離的 **keep away**

🎧 10-9

keep away 的意思為「持續（keep）遠離（away），使對方無法靠近自己」，經常可見到跟 from 一起使用，表示「遠離……」的用法，keep away from him 這句話是說「離他遠一點、別靠近他」。

持續（keep）遠離（away）▶▶▶ 遠離，追趕，使無法靠近

Keep a knife **away** from the baby.
讓嬰兒離刀子遠一點。

Is there anything I can put on to **keep away** the mosquitoes?
擦什麼可以趕走蚊子呢？

An apple a day **keeps** the doctor **away**.
一天一蘋果，醫生遠離我。

10 靠攏在一起的 **keep together**

🎧 10-10

keep together 的意思為「使維持（keep）在一起（together）」，把婚姻生活放在一起，就是指「維持婚姻生活」，某對夫婦二重唱歌手曾經唱了一首很有意思的歌 Love Will Keep Us Together，是說「愛會使我們在一起」。

繼續（keep）聚攏在一起（together）▶▶▶ 在一起，維持

Keep your knees **together**.
把你的膝蓋靠攏。

Can I **keep** these fish **together**?
我可以把這些魚養在一起嗎？

We're trying hard to **keep** our marriage **together**.
我們正試著努力維持我們的婚姻。

01 我沒辦法守住秘密。　　　　　　　I can't keep it＿＿＿＿＿.

02 不要進那個房間。　　　　　　　　Keep＿＿＿＿＿of that room.

03 降低你的音量。　　　　　　　　　Keep your voice＿＿＿＿＿.

04 別讓蒼蠅靠近食物。　　　　　　　Keep the flies＿＿＿＿＿the food.

05 請勿踐踏草地。　　　　　　　　　Keep＿＿＿＿＿the grass.

06 盡可能減少垃圾。　　　　　　　　Keep waste＿＿＿＿＿a minimum.

07 我有方法可以防止那件事情再度發生。　I have a plan to keep that＿＿＿＿＿happening.

08 為了照顧小孩我早上三點才睡。　　My baby kept me＿＿＿＿＿till 3 in the morning.

09 在我外出的時候幫我看一下嬰兒。　Keep an eye＿＿＿＿＿the baby while I'm out.

10 自從我離婚後，為了小孩　　　　　Since the divorce, I have tried to keep myself
我努力打起精神。　　　　　　　　＿＿＿＿＿for my children.

11 她走得太快，以至於很難跟上她。　She walks too fast. It's hard to keep＿＿＿＿＿with her.

12 有人在上課的時候一直說話。　　　Someone kept＿＿＿＿＿talking in class.

13 我的絲襪一直往下掉，　　　　　　My stockings keep rolling down. How can I keep
我該怎麼樣才能維持住呢？　　　　them＿＿＿＿＿?

14 我家的狗把庭院搞的一塌糊塗，　　My dog is destroying my garden. How do I keep him
要怎麼做才能防止狗去接近植物呢？　＿＿＿＿＿from my plants?

15

　A：你介意我把音樂開著嗎？　　　　Do you mind if I keep the music＿＿＿＿＿?

　B：沒關係的，你不用關掉只要把　　Not at all. You don't have to turn it off, just keep
　　　聲音關小一點就行了。　　　　　it＿＿＿＿＿.

解答　01 in 02 out 03 down 04 off 05 off 06 to 07 from 08 up 09 on 10 together 11 up 12 on 13 up 14 away 15 on, down

＊數字與本書的動詞句説明編碼是一致的。

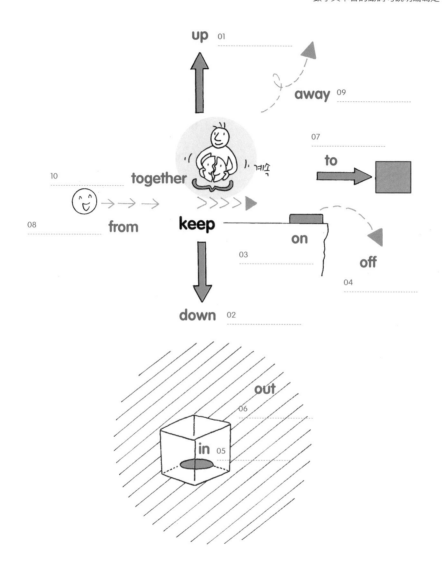

解答　01 維持，使晚上無法入眠，持續（the good work）02 吞食，降低（音量），減少（費用）03 不撕下來，穿著，繼續做……（ing）04 使無法靠近，避開（特定話題），不吃 05 使無法離開，留校察看，留心（mind）06 使無法進入，阻擋，使不會陷入（困境）（of）07 繼續在……，堅守（不偏離主題），遵守（承諾或秘密）08 阻止，使不能……，抑制 09 遠離，追趕，使無法靠近 10 在一起，維持

A 請寫出下列片語的意思

01 go down

02 go with

03 go against

04 go for

05 have up

06 have down

07 have back

08 have in

09 make up

10 make for

11 make off

12 bring down

13 bring out

14 bring back

15 bring around

16 bring to

17 keep out

18 keep from

19 keep in

20 keep down

B 請依照中文意思寫出片語。

01 越過，穿越（to），查看

02 出去，約會，寄送，（火）熄滅

03 拿出來，（說出來後）下結論（with）

04 穿著，開著

05 進行，了解，愛撫

06 做成……

07 開啟（話題），撫養（小孩），提高

08 請來，帶來，引起

09 遠離，追趕，使無法靠近

10 不撕下來，穿著，繼續做……（ing）

C 看圖然後在空格內填入適當的單字。

01

My business went _____.

我的生意失敗了。

02

I had the plumber _____ last night to repair the pipes.

我昨晚叫水管工來修水管。

03

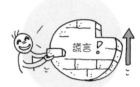

He made the whole story _____.

整個故事都是他編造的。

04

He brought _____ the subject of marriage.

他開啟了結婚的話題。

05

We kept _____ the subject.

我們避開了那個話題。

06

Keep _____ the point !

說重點！

D 參考中文語意，在空格內填入適當的字。

01 跟男友分手後，我歷經了許多痛苦。

I went _____ a lot of pain after breaking up with my boyfriend.

02 我對你所説的話沒有任何感覺。

I have nothing _____ what you said.

03 我必須為忘記老婆的生日彌補。

I need to make _____ for forgetting my wife's birthday.

04 我的工作每個月為我賺進兩百萬韓圜。

My job brings _____ 2 million won a month.

05 小孩使我一整夜沒睡。

My baby kept me _____ all night.

▶ 解答在290頁。

Part 2

核心動詞訓練篇

恭喜你讀完 Part 1！你已經具備了成為英語會話

高手的基本條件，接下來的內容會讓你更詫異！

你會發現光是一個 pull 就可以表達停車、拆毀建

築、拔牙齒等意思，利用簡單的單字表達出豐富的

英語會話，再也不是件不可能的任務了。接下來

有請另外十個必備動詞跟介系詞搭配，一起進入

七十二變的英語世界裡！go！go！go！

什麼都想給的 give

give 的基本意思為「給」,「給」的意境就是把自己身上的東西拿出來交出去;給的對象包羅
萬象,一切事物乃至於抽象概念都可以,至於都給些什麼內容,讓我們接著看下去。

給東西

首先,可以給東西。

I **gave** him a book. 我給了他一本書。
Give it to me. 把東西給我。

給抽象的概念

除了眼睛看的到的以外,肉眼所不可見的抽象物件照樣可以
給。

He **gave** me a hard time. 他欺負我。

此外,give 也經常被用來表示「給予具體的行為」,換句話說就是「去實行一個具體的行
為」,例如:給沐浴,就是「洗澡」,給忠告就是「忠告」,給微笑意即「微笑」,給離婚則是
「離婚」。

行為動作

Give me a call. 打個電話給我。
Give me a hand. 幫幫我吧。
She **gave** a speech. 她進行了一場演說。
I'm going to **give** you a bath. 我幫你洗澡。
He **gave** me a piece of advice. 他給了我一個忠告。
My husband won't **give** me divorce.
我的丈夫不肯跟我離婚。

01 拋棄的 **give up**

give up 這個片語的意境為把某個對象物「全部（up）給別人（give）」，因此延伸有「放棄」的意思；若 give up 位子，表示「讓步」；give up 菸酒，就是指「戒掉」；犯人若 give up 自己，言下之意就是「自首」。

給（give）往上→ 整個（up）▶▶▶ 放棄，讓步，（犯人）自首

I can't bear to **give up** my house.　我沒辦法忍受要放棄自己的房子。

He **gave up** his seat to a pregnant woman.　他把他的座位讓給了孕婦。

The murderer **gave** himself **up**.　殺人犯自首了。

02 分給的 **give out**

give out 的意思為「往外（out）給（give）」，把東西往外給，顧名思義就是指「分給、發散」；把消息往外給，即為「發表、外流」；既然已經往外給了，東西自然也就沒有了，因此也具有「磨損、故障、見底、因為用盡全身的力氣而累倒」的意思。

給（give）往外（out）▶▶▶ 分給，流出，見底

I **gave out** candies to the kids.　我把糖果分給孩子們。

Never **give out** your personal information.　絕對不要洩漏你的個人資料。

My patience finally **gave out**.　我的耐心已經用完了。

03 屈服的 **give in**

give in 表示往裡面（in）給（give），表示「提出」；大家可以想像一下把對方的主張塞到自己腦子裡的景象，也就是「無可奈何之下，接受對方的條件或要求」，所以 give in 也經常被用來表示「降服、屈服」。

給（give）往裡面（in）▶▶▶ 輸，投降，屈服

I **give in** when my son cries.　如果我兒子哭，我就沒輒了。

She didn't **give in** to the temptation.　她是不會屈服於誘惑的。

He won't **give in** to his disease.　他不會屈服於疾病的。

04 白白給人的 **give away**

give away 的意思為「給的（give）遠遠的（away）」，代表「贈送」；若是把秘密給的遠遠的，則意味著「洩漏、暴露」；在結婚典禮上，把新娘交給新郎也是以 give away 表示。

給的（give）遠遠的（away）▶▶▶ 贈送，洩漏，把新娘交給新郎

I **gave away** all my old sweaters to the poor. 我把我所有的舊毛衣都送給貧民了。

Don't **give away** my secret. 別洩漏我的秘密。

Her dad **gave** her **away** at her wedding. 她的父親在結婚典禮上把她交給了新郎。

05 歸還的 **give back**

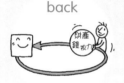

give back 的意思為把收到的東西「還（back）給（give）對方」。把財產給社會，表示「回報」，give back his property to society 這句話是說「把財產回報給社會」；歸還曾經失去的視力為「恢復」。

給（give）還（back）▶▶▶ 還給，回報，恢復

Give me **back** my money. 把我的錢還來。

Laser eye surgery **gave** me **back** my vision.
雷射手術恢復了我的視力。

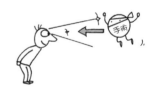

06 排放的 **give off**

give off 的意思為「給（give）掉（off）」；把熱氣、光線、味道等給別人，表示「排放」；若把臉色、氣氛給別人，則意味著「發散」。

給（give）掉（off）▶▶▶ 排放（味道），發出（熱氣等），散發（氣氛）

It's **giving off** a strong smell. 這東西發出一種很臭的味道。

He's **giving off** a feeling that he doesn't like me.
他表現出一種不喜歡我的感覺。

01 醫生放棄他了。　　　　　Doctors gave＿＿＿＿on him.

02 她把邀請函發給朋友。　　She gave＿＿＿＿wedding invitations to all her friends.

03 當天色暗下來，他們便放棄了搜索。　They gave＿＿＿＿the search when it got dark.

04 她把我的書還給我了。　　She gave me＿＿＿＿my book.

05 她放棄給新生兒她的嬰兒床。　She gave＿＿＿＿her crib for the new baby.

06 請把筆發下去。　　　　　Please give＿＿＿＿the pens.

07 我得戒酒了。　　　　　　I need to give＿＿＿＿drinking.

08 他對我透露了驚喜派對的秘密。　He gave＿＿＿＿the secret about the surprise party.

09 他們在發送免費的禮物。　They are giving＿＿＿＿free gifts.

10 她把自己的衣服捐給了慈善團體。　She gave＿＿＿＿her clothes to charity.

11 他們發送了傳單。　　　　They gave＿＿＿＿the fliers.

12 別放棄。　　　　　　　　Don't give＿＿＿＿.

13 我向他屈服了。　　　　　I gave＿＿＿＿to him.

14 他們在街上發小冊子。　　They're giving＿＿＿＿brochures on the street.

15

A：你這是在躲我嗎？	Are you dodging me?
B：因為你給我的感覺就是對我沒有興趣。	You have been giving＿＿＿＿signals that you're not interested in me.

表達　05 crib[krɪb] *n.* 嬰兒床　11 flier[ˋflaɪɚ] *n.* 傳單　14 brochure[broˋʃʊr] *n.* 小冊子　15 dodge[dɑdʒ] *v.* 有技巧地避開

解答　01 up　02 out　03 up　04 back　05 up　06 out　07 up　08 away　09 away　10 away　11 out　12 up　13 in　14 out　15 off

＊數字與本書的動詞句説明編碼是一致的。

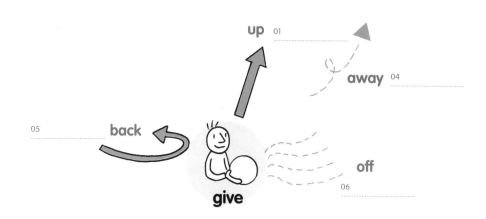

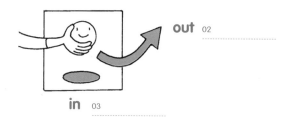

解答　01 放棄，讓步，（犯人）自首 02 分給，流出，見底 03 輸，投降，屈服 04 贈送，洩漏，把新娘交給新郎 05 還給，回報，恢復 06 排放（味道），發出（熱氣等），散發（氣氛）

什麼都可以拉的 **pull**

pull 的意思為「拉」，表示往主詞的方向拉，除了頭髮、衣服以外，也可以拉人；此外，pull 也可以用來表示「主詞被拉、被拜託」，換句話說就是「被拉著走」；pull ahead 意指往前（ahead）拉（pull），也就是指「迎頭趕上」的意思。

開車

He's **pulling** my hair. 他正拉著我的頭髮。

He **pulled** me aside and warned me.

他把我拉到一旁並警告我。

I **pulled** ahead in the race. 我在比賽中一馬當先。

開車

pull 可表示「拉著車，拉著車動」，言下之意就是指「開車」，是蠻常見的用法。

Pull over your car. 把你的車子停下來。

The car **pulled** away. 車子開遠了。

I **pulled** into the busy parking lot.

我把車子停進擁擠的停車場中。

拉著

拉出結果與成果

最後，pull 也有「把結果、成果、勝利拉出來」的意義；拉車就是指開車，而拉出成果、結果就是「引導出」。

I **pulled** it off. 我做到了。

She **pulled** it off in the end. 她最後終於成功了。

01 拉上來的 **pull up**

pull up 的意思為「拉（pull）上去（up）、拉上來」，可用來表達把袖子、衣服捲起來，或是用繩子把人拉過來的動作；騎馬時把韁繩往上拉能使馬停下來，從這裡延伸為「停車」的意思。

拉（pull）往上（up）▶▶▶ 捲起（袖子），停（車），起身

Pull up your sleeves. 把你的袖子捲起來。

Their car has **pulled up**. 他們的車子停下來了。

The baby **pulled** himself **up** from the floor.
寶寶從地板上站了起來。

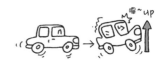

02 往下拉的 **pull down**

pull down 的意思為「拉（pull）下來（down）」，可用在「把褲子、衣服拉下來」上；把錢拉下來指「賺錢」；把建築物拉下來則指「拆除、拆毀」。

拉（pull）往下（down）▶▶▶（衣服）放下來，賺（錢），拆毀（建築物）

Pull down your pants. 把你的褲子拉下來。

She is **pulling down** a million a year. 她一年可以賺一百萬元。

They **pulled** the old school **down** to build another one.
為了興建新的學校，他們把老舊的學校拆掉了。

03 拉起來的 **pull off**

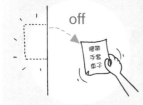

pull off 的意思為「拉（pull）起來（off）」，把車子 pull off 到路上，表示「在路邊停車」；另外從原本的「拉起來後完成」的意思，經常被延伸為「導出成果或是勝利」；雖然 pull off 也可以表示「把衣服拉起來脫掉」，但也可以用來形容「很會穿衣服」。

拉（pull）起來（off）▶▶▶ 拉起來，停車（停到路邊），脫（衣服）

Pull the tape **off**. 把膠帶撕下來。

I **pulled** my gloves **off**. 我脫掉了手套。

I **pulled off** the road and took a nap.
我把車子先靠邊停，然後小睡一覺。

04 抵達的 **pull in**

in

pull in 的意思為「拉（pull）進去（in）」，若人進入火車、巴士內，表示「抵達車站、家裡」，當車子抵達時，是會停下來的，所以也做「停車」解釋。若是警察要審問嫌疑犯，而把犯人拉進去警察局，則意指「解押」。

拉（pull）進去（in）▶▶▶（列車）抵達（車站），（警察）解押（犯人）

The train **pulled in**. 火車到（站）了。

The police **pulled** them **in** for questioning.
警察把他們叫進去審問。

05 拉出來的 **pull out**

out

pull out 的意思為「拉（pull）出來（out）」，用來表達把抽屜、塞子拉出來的動作。此外，像拔牙齒、拔頭髮，從書包裡把書拿出來、把人拉過來等等都可以用 pull out 表示；若是從原來待的地方被拉走、從契約中被拉出來，則做「撤退、罷手」解釋；車子發動出發也可以用 pull out 形容。

拉（pull）出去（out）▶▶▶ 拔，撤退，拿出來，結束，（車子）出發

He **pulled out** his hair. 他把自己的頭髮拔了下來。

Let's **pull out** of this spot. 我們離開這個地方吧。

The train **pulls out** at 1 p.m. 火車在下午一點出發。

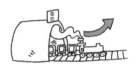

06 遠離的 **pull away**

away

pull away 的意思為「遠遠地（away）拉開（pull）」，既然是要拉到很遠的地方，勢必是從原點開始離開，所以有「遠離」的意思，像是車子駛離、人走遠等等，都可以用 pull away 形容。

拉開（pull）遠遠地（away）▶▶▶ 離開，遠離

She **pulled away** from the traffic. 她遠離了交通。

My cat **pulls away** whenever you try to pet her. 只要有人要摸我的貓咪，牠就會逃開。

He is **pulling away** from me and I don't know why. 他離我越來越遠了，而我不知原因為何。

07 拉回來的 **pull back**

pull back 的意思是「拉（pull）回來（back）、往後拉」，因為是往回走，所以意味著「後退、退縮」。電影《史瑞克 2》（*Shrek2*）裡登場的白馬王子，説過這麼一句台詞：" pull back the gossamer curtains to find her...[gasp!] " 這句話是説「拉開薄薄的紗想要找到公主…[嚇！]」。

拉（pull）回來（back）▶▶▶ 往後拉，退縮，後退

They **pulled back** from the crowd. 他們從人群之中撤退開來。

She **pulled back** her head when he tried to kiss her.
當他試著親她的時候，她把頭往後退。

---

08 合力的 **pull together**

pull together 的意思為「拉（pull）在一起（together）」，把力氣拉過來集合在一起，則表示「同心協力」；pull oneself together，這句話是説，當一個人遇到傷心事，或處於困境時，要「把精神力氣拉回來」，也就是要「控制你的情緒、好好振作起來」的意思。

拉（pull）在一起（together）▶▶▶ 合力，鎮定

Let's all **pull together**. 我們要團結一致。

Pull yourself **together**. 你要好好振作。

His eyebrows **pull together** when he frowns. 當他愁眉苦臉時，眉毛就會糾結在一起。

---

09 撕開來的 **pull apart**

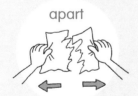

pull apart 的意思為「拉（pull）開來（apart）」，把東西各往兩邊拉開來，意即「分解」，把兩個吵得不可開交的人拉開來，則表示「勸架」，若是人被拉開扯開，那就是指「難受」的意思。

拉（pull）開來（apart）▶▶▶ 扯開來，分解，難受，勸架

They **pulled** my toy car **apart**. 他們拆了我的玩具車。

It **pulled** me **apart** to see them together.
當我看到他們在一起，我就覺得很難受。

The students were having a fight, but the teachers **pulled** them **apart**. 學生們在打架，不過老師把他們拉開來了。

01 你可以幫我把椅子拉開嗎？

Can you pull the chair＿＿＿＿＿ for me?

02 她拿出了孫子們的照片。

She pulled＿＿＿＿＿ pictures of her grandchildren.

03 把褲子拉起來。

Pull＿＿＿＿＿ your pants.

04 丈夫跟我每天幾乎在同一個時間下班。

My husband and I pull＿＿＿＿＿ from work at about the same time every day.

05 我們試著把婚禮的費用控制在預算之內。

We're trying to pull＿＿＿＿＿ a wedding on a budget.

06 你正在拉我下去。

You're pulling me＿＿＿＿＿.

07 我因為紅燈而停了下來。

I pulled＿＿＿＿＿ to a red light.

08 在艱苦的時機中，有些家庭團結一致，有些則分崩離析。

Some families pull＿＿＿＿＿ during tough times while others fall apart.

09 他把繩子拉上來了。

He pulled the rope＿＿＿＿＿.

10 我鼓起所有的勇氣，告訴她我喜歡她。

I pulled＿＿＿＿＿ all the courage I had and told her I had a crush on her.

11 他拔出一把槍。

He pulled＿＿＿＿＿ a gun.

12 我的身材不夠苗條不適合穿緊身牛仔褲。

I'm not slim enough to pull＿＿＿＿＿ skinny jeans.

13 縮縮你的下巴。

Pull＿＿＿＿＿ your chin.

14 小孩子一直要把架子裡的東西拉下來。

The baby kept pulling stuff＿＿＿＿＿ the racks.

15

A：我不知道男朋友為什麼忽然要疏遠我。

I don't know why my boyfriend is pulling ＿＿＿＿＿ from me all of a sudden.

B：你們先保持一段距離，然後再弄個明白。

Get some distance and then figure it out.

解答 01 out 02 out 03 up 04 in 05 off 06 down 07 up 08 together 09 up 10 together 11 out 12 off 13 in 14 off 15 away

＊數字與本書的動詞句說明編碼是一致的。

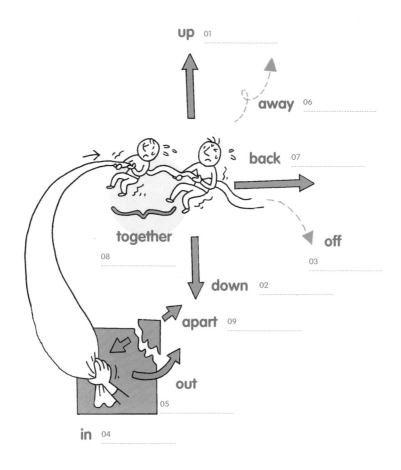

up 01

away 06

back 07

together 08

off 03

down 02

apart 09

out 05

in 04

解答　01 捲起（袖子），停（車），起身 02（衣服）放下來，賺（錢），拆毀（建築物）03 拉起來，停車（停到路邊），脫（衣服）04（列車）抵達（車站），（警察）解押（犯人）05 拔，撤退，拿出來，結束，（車子）出發 06 離開，遠離 07 往後拉，退縮，後退 08 合力，鎮定 09 扯開來，分解，難受，勸架

Verb 13 fall

是掉下去也是掉落的 fall

fall 的基本意思為「掉」。

I **fell** down the stairs. 我從樓梯上掉了下來。
I **fell** into the pool. 我掉進游泳池了。
The leaves are **falling**. 葉子落下來了。

除了上面提到的，其它的延伸用法像是溫度、利益等數值「往下掉、減少、下降」等等。

The temperature **fell** below freezing. 氣溫降到零下了。
Our profits have **fallen** by 30 percent. 我們的利潤減少了百分之三十。
The number of robberies **fell** this year. 今年的竊盜案件數減少了。

往下掉可以輕易聯想到「崩潰、倒塌」。

The building fell down. 建築物倒下了。
He fell down power. 他失去了權力

fall 的另一個重要意思為「掉入某種狀態」，換言之就是「陷入……的狀態、變成……的狀態」。

I **fell** in love with him. 我跟他墜入愛河了。
He **fell** ill. 他生病了。
Don't **fall** asleep. 不要睡著。

01　掉進去的 **fall in(to)**

fall in 的意思為「掉（fall）進去（into）、掉進去某種狀態裡」，掉進愛情的漩渦裡即為「戀愛」；掉進失誤裡，表示「搞砸」；掉進……的狀態裡，就是指「陷入……的狀態」的意思；從愛情的泥沼中爬出來，也就是「從愛情中掉出來」，說法是 fall out of love.。

掉（fall）進去，……的狀態裡 (into) ▶▶▶ 陷入（愛情、昏迷狀態），失誤

I **fell in** love. 我戀愛了。

Why do we **fall into** the same bad habits over and over again?
為什麼我們一再重複相同的壞習慣呢？

She **fell into** a coma. 她陷入昏迷了。

02　掉出來的 **fall out**

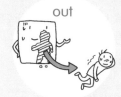

fall out 的意思為「掉（fall）出來外面（out）」，即指「掉出、退出」；像是掉頭髮、從心裡頭掉出來，表示「關係變得不好」，都可以用 fall out 表達。

掉（fall）出來（out）▶▶▶（頭髮，牙齒等）掉，關係變的不好（with）

My hair is **falling out**. 我一直掉頭髮。

My filling has **fallen out**. 我補牙的地方掉了。

I **fell out** with my parents. 我跟父母處得不好。

03　義無反顧一頭栽進去的 **fall for**

fall for 的意思為「向著……（for）掉（fall）」，如果是向著某個人或魅力，表示「迷住、誘惑」；如果是向著謊言或廣告，表示「被騙、信以為真」。

掉（fall）向著（for）▶▶▶ 被深深迷住，被騙

I **fell for** her badly. 我完全為她傾倒了。

I **fell for** his lies again. 我又被他的謊話給騙了。

Don't **fall for** slick advertising. 別被那些誇大不實的廣告給騙了。

04 成為某個日子的 **fall on**

on

地面　日子

fall on 的意思為「掉在（fall）⋯⋯的上面（on）」，意即「落在⋯⋯之上、跌倒」；落在像紀念日、生日等特定的日子，則表示「成為某個日子」；忠告掉在 deaf ears（聽不見聲音的耳朵）上，表示「忽視」的意思。

掉在（fall）⋯⋯的上面（on）▶▶▶ 跌倒，無視（忠告），在某個日子

I slipped and **fell on** the floor. 我在地板上滑倒了。

Christmas **falls on** a Monday this year. 今年的聖誕節是星期一。

His advice **fell on** deaf ears. 沒有人要聽他的忠告。

忠告　不聽

05 掉出去的 **fall off**

off

fall off 的意思為「掉落後（fall）離開原本的位置（off）」，可以用來形容人從梯子、懸崖峭壁上掉下去，以及耳環、鈕釦、鞋子等等的掉落或脫落。

掉（fall）出去（off）▶▶▶ 從⋯⋯掉出去，⋯⋯掉落，⋯⋯脫落

He **fell off** the ladder. 他從梯子上掉了下來。

A glass **fell off** the table. 一個玻璃杯從桌子上掉下來了。

My earring **fell off** my ear. 我的耳環掉了。

06 跌倒、倒塌的 **fall down**

down

fall down 的意思為「往下（down）掉（fall）、跌倒」，人往下倒表示「跌倒，倒下」；房子若倒下，表示房子再也無法直立起來，則為「倒塌」。

掉（fall）往下（down）▶▶▶ 掉落，倒下

I **fell down** the stairs. 我從樓梯上摔了下去。

She drank too much and **fell down**. 她喝太多所以醉倒了。

Her house is **falling down**. 她的房子正在倒塌。

倒塌

07 以失敗收尾的 **fall through**

fall through 的意思為「穿過⋯⋯後（through）掉落（fall）」，從這樣的意象延伸為計畫等的「告吹、泡湯」。

掉落（fall）穿過（through）▶▶▶ 掉落，以失敗收尾，告吹

I **fell through** a hole. 我掉到洞裡面去了。

My idea **fell through**. 我的點子失敗了。

My trip to India **fell through**. 我的印度之旅泡湯了。

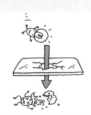

08 落後的 **fall behind**

fall behind 的意思為「掉到（fall）後面（behind）」，意即「落後、落伍、延宕」，用來表示在發展的階段中落後、在競爭中居後，或者是積欠房租、功課等等。

掉到（fall）後面（behind）▶▶▶ 落後，耽誤，延宕

He is **falling behind** in school. 他在學校落於人後。

Late talking toddlers may **fall behind**. 晚說話的嬰可能會發展遲緩。

I **fell behind** on my homework. 我積了一堆作業。

09 四分五裂的 **fall apart**

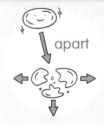

fall apart 的意思為「掉落到（fall）四處（apart）」，表示「東西碎裂、故障、人的精神委靡不振」。The office would fall apart without them 這句話是說「要不是有他們，辦公室早就瓦解掉了」。

掉落到（fall）四處（apart）▶▶▶ 碎掉，精神委靡不振，身體不健康

The chair **fell apart**. 椅子壞掉了。

I'm not **falling apart** over this. 我不會被這件事情打倒的。

I feel like my body is **falling apart**. 身體好像變差了。

01 我從床上掉了下去。

I fell＿＿＿＿＿the bed.

02 今年我的生日是星期一。

My birthday falls＿＿＿＿＿a Monday this year.

03 雖然我女兒的英文成績有點落後，但是其它科目很好。

Although my daughter has fallen＿＿＿＿＿in English, she's doing fine in her other courses.

04 我的卡車故障了。

My truck fell＿＿＿＿＿.

05 她跟她媽媽的關係並不好。

She's fallen＿＿＿＿＿with her mother.

06 我們積欠了信用卡的帳款。

We fell＿＿＿＿＿on our credit card payments.

07 舉行派對的那天我必須工作。

The party falls＿＿＿＿＿a day that I work.

08 人有可能突然就不愛了嗎？

Can people just fall＿＿＿＿＿of love?

09 他染上了憂鬱症。

He fell＿＿＿＿＿a state of depression.

10 為什麼我總是愛上錯的人？

Why am I always falling＿＿＿＿＿the wrong guy?

11 我的暑假計畫泡湯了。

My summer vacation plan fell＿＿＿＿＿.

12 他從機車上摔下來。

He fell＿＿＿＿＿the bike.

13 我被他的魅力吸引。

I fell＿＿＿＿＿his charm.

14

A：椅子被我坐壞，手機也不小心掉進馬桶裡。不只這樣，我還從購物中心的手扶梯跌了下來。

The chair I was sitting on fell＿＿＿＿＿ and my cellphone accidentally fell＿＿＿＿＿ the toilet. There's more. I fell＿＿＿＿＿on the escalator at the mall.

B：我覺得你一定是被下了可怕的詛咒。

I think you've fallen under a terrible curse.

表達 14 curse [kɜs] *n.* 詛咒

解答 01 off 02 on 03 behind 04 apart 05 out 06 behind 07 on 08 out 09 into 10 for 11 through 12 off 13 for 14 apart, into, down

* 數字與本書的動詞句説明編碼是一致的。

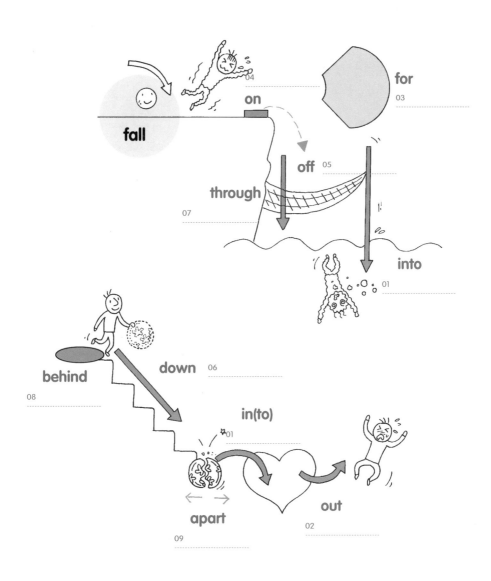

解答　01 陷入（愛情、昏迷狀態），失誤 02（頭髮，牙齒等）掉，關係變得不好（with）03 被深深迷住，被騙 04 跌倒，無視（忠告），在某個日子 05 從⋯⋯掉出去，⋯⋯掉落，⋯⋯脱落 06 掉落，倒下 07 掉落，以失敗收尾，告吹 08 落後，耽誤，延宕 09 碎掉，精神委靡不振，身體不健康

Verb 14 · hold

緊緊握住的 hold

hold 的意象為緊緊抓住，意指「緊握、握住、擁抱、抓住」，take 代表的是瞬間「抓住」的動作，hold 則為抓住、握住，動作是持續性的。

把……裝進去

也可以用來形容抱著，譬如人抱著小孩子；還有「盛裝」的意思，譬如把水、準備好的物品裝入水壺、書包內。

She is **holding** her baby in her arms.

她把她的寶寶抱在懷中。

I need a bag to **hold** my school supplies.

我需要一個書包來裝學校的用品。

This bottle **holds** two liters. 這個瓶子的容量是兩公升。

懷有……的感情

除了眼睛可看到的，就連抽象的情緒像是生氣、憤怒、好的想法等等都可以 hold；當然，活動、派對、會議等等也是可以用 hold 的，指「舉行、舉辦」。

He doesn't **hold** a grudge. 他並沒有心懷怨恨。

Hold on to happy thoughts. 只去想快樂的事情。

I **held** a dinner party. 我舉辦了一個晚餐派對。

維持……狀態

從「緊緊握住」的意思延伸為「維持……的狀態」。

Hold the door open. 把門一直開著。

Hold still! 維持原狀！

hold 有用力去「握住、壓制、阻止或維持」的語感，所以經常被用來表示「忍耐、壓制住」。

Hold your tongue. 把你的嘴閉上。

He couldn't **hold** his temper. 他止不住他的怒火。

01 舉起來的 **hold up**

🎧 14-1

hold up 的意思為「維持（hold）舉起的狀態（up）」，可做「舉起來」解釋；此外，也具有「即使在困境中也能保持 up 的狀態，也就是維持住良好的狀態、正常的狀態」，言下之意就是「支撐」；因為是抓起來放著，所以也具有「使停頓」的意味。

抓（hold）起來（up）▶▶▶ 舉起來，支撐，使停頓，使延宕

Hold up your hands and stay there. 舉高你的手不要動。

The accident **held up** traffic for an hour.
車禍使交通停擺了一個小時。

02 按住的 **hold down**

🎧 14-2

hold down 的意思為「往下（down）抓住（hold）、往下壓著」，所要表達的情境為硬是往下壓，延伸有把人「制止住」、把物價「壓制」的意思；「往下壓著」的意思也包含了「固定、使穩定」的意味，hold down a job 這句話的意思是說「好好保住工作」。

抓著（hold）往下（down）▶▶▶ 制止，按著不動，維持

I **held** him down. 我壓制了他。

My toilet won't flush unless you **hold down** the handle.
要持續按著馬桶的把手，水才會往下沖。

03 緊緊握著的 **hold on**

🎧 14-3

hold on 的意思為「緊緊握著（hold）使緊貼住不放（on）」，因此可做「固定」解釋，從「緊緊握著、使緊貼住不放」的意思又延伸出有「等待」的意思。

緊緊握著（hold）不放（on）▶▶▶固定，緊緊握著，等待

I need some bolts to **hold** my license plate **on** my car.
我需要幾顆螺絲把我的車牌固定在車上。

Hold on tight. 緊緊握著。

Can you **hold on** a minute? 你可以等我一下嗎？

04 耽擱的 **hold off**

hold off 的意思為「把掉落下來的東西（off）抓住（hold）」，所以延伸出「保留、耽擱、延期」的意思，在看購物頻道時，你是否有過這樣的想法呢？We could get one now or hold off until prices are lower 這句話是說「我們可以買一個下來，或是等到降價的時候再買。」

抓住（hold）掉落下來的東西（off）▶▶▶ 延期，耽擱，延後

He **held off** the meeting. 他延後了會議。

Is there any way to **hold off** my period for a few days? 有沒有什麼方法可以延後我的生理期？

I **held off** (on) buying a cellphone until my daughter started school.
我把買新手機這件事情延到女兒開始上學之後。

05 忍著的 **hold in**

hold in 的意思為「抓到（hold）裡面去（in）」，把怒氣塞到身體裡表示「忍耐、壓抑」；把肚子抓到裡面，則意味著「縮小腹」；若把噴嚏抓到裡面，就是說「忍住」噴嚏的意思。

抓到（hold）裡面去（in）▶▶▶ 縮進去，忍住

I need a girdle to **hold in** my stomach. 我需要一件束腰來縮緊我的小腹。

You shouldn't **hold in** all that anger. 你不該隱忍所有的怒氣。

I try to **hold in** my sneezes. 我試著要忍住噴嚏（sneeze）。

06 伸出去的 **hold out**

hold out 的意思為「維持（hold）往外伸的狀態（out）」，介系詞 out 具有「到外面為止」也就是「到底」的含意，所以表示「維持到底」意即「堅持、忍耐」；此外，還可以用來表示「保有庫存、扣留」。Hold out for more 這句話是說「再堅持一下、再等一下」。

維持（hold）往外，到底（out）▶▶▶ 伸出，堅持，還有

Hold out your hands. 把你的手伸出來。

I **hold out** hope that he will come back. 我仍抱持著他會回來的希望。

How long can our money **hold out**? 我們的錢還可以維持多久呢？

hold back 的意思為「把呼之欲出的東西抓著（hold）硬是往後塞（back）」，因此具有「阻止、妨礙」的意思；把眼淚硬是放到背後去，是指「強忍住」；把感情抓到後面是指「壓抑住感情」；把消息抓到後面則是「當秘密」；把某個行動抓到背後，就是「制止」，因為是擺到後面去，所以也衍生有「猶豫、克制」的意思。

抓著（hold）往後（back）▶▶▶ 強忍（淚水、感情），隱藏，克制

I **held back** my tears. 我強忍了淚水。

I think they're **holding** something **back**. 我覺得他們好像在隱瞞什麼。

I don't **hold back** when playing tennis against my brother.
跟我弟弟比賽網球時，我並沒有退縮。

01 別忍住怒氣。

Don't hold _____ your anger.

02 壓抑感情對你並不好。

It's not good to hold _____ your emotions.

03 我用磁鐵把購物清單固定在上面。

I use magnets to hold _____ shopping lists.

04 把你的手放到頭部後方。

Hold your hands _____ over your head.

05 請等一下,我馬上就回來。

Hold _____ a minute, I'll be right back.

06 她一直在做全職的工作。

She holds _____ a full-time job.

07 我把買電腦這件事情延到兒子
上學之後。

I held _____ buying a computer until my son
started school.

08 我再也忍不下去了。

I can't hold _____ any longer.

09 我的動作慢而讓他們久等。

My slowness held them _____.

10 你必須克制自己不隨便打人。

You need to hold _____ from hitting people.

11 我隱藏自己的感情,沒有把話說出口。

I held _____ my words, keeping my thoughts to
myself.

12 我一個禮拜工作七十個小時。

I hold _____ a 70-hour-a-week job.

13 你是怎麼撐過來的?

How are you holding _____?

14 他們會一直撐到加薪。

They will hold _____ for a raise.

15 因為塞車所以我晚到了。

I was held _____ by the traffic.

16
　A:因為我信用不良,所以無法
　　申請到貸款。

My poor credit is holding me _____ from
applying for a car loan.

　B:你應該在買車之前把所有的
　　債務都還清。

You should pay down some debt before buying a
new car.

解答 01 back [in] 02 in 03 up 04 up 05 on 06 down 07 off 08 out 09 up 10 back 11 back 12 down 13 up / out 14 out 15 up 16 back

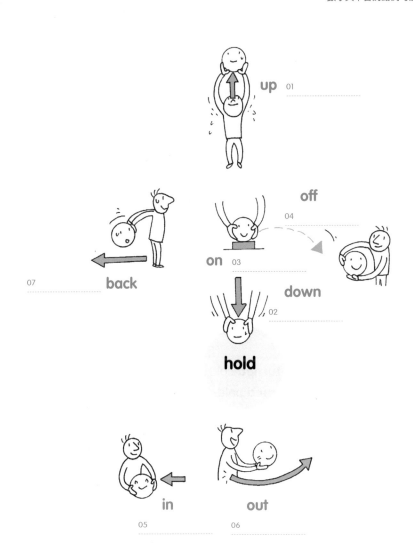

up 01

off 04

on 03

down 02

back 07

hold

in 05

out 06

解答 01 舉起來，支撐，使停頓，使延宕 02 制止，按著不動，維持 03 固定，緊緊握著，等待 04 延期，耽擱，延後 05 縮進去，忍住 06 伸出，堅持，還有 07 強忍（淚水、感情），隱藏，克制

Verb 15 — turn

一直轉的 turn

turn 的基本意思為「翻轉、旋轉、改變方向」，只是旋轉，有時無法把一圈轉完，甚至還會翻覆。也可以指變身，譬如突然「刷」得一下成為超人或是妖怪，都可以用 turn 來表達。

成為，變成

Turn left. 往左轉。
Turn the door knob. 轉一下門的手把。
He never **turned** back. 他不會回來了。
My car wouldn't start when I **turned** the key.
當我轉動車鑰匙後，車子並沒有發動。

從改變方向的意思延伸為「變化」，也就是「變成……、變為……」。

It has **turned** cold. 天氣變冷了。
She **turned** pale. 她的臉變得很蒼白。
Her hair **turned** grey. 她的頭髮轉灰了。
She **turned** 30 last month. 她在上個月步入三十歲了。

01 出現的 **turn up**

turn up 的意思為「往上（up）轉（turn）」，是説「轉一轉後，讓聲音、熱氣、光等變大、變強與變亮」；此外，在場合裡突然地出現，或不見的東西突然找到時，也可以用 turn up。

轉（turn）往上（up）▶▶▶ 提高（音量），出現

Turn up the volume. 把聲音開大一點。

She didn't **turn up**. 她並沒有出現。

It'll **turn up**. 它會出現的。

02 拒絕的 **turn down**

turn down 的意思是「往下（down）轉（turn）」，表示「把聲音、熱氣、光線等的大小往下調」，也具有「原本是不錯的狀態，卻改變了方向往下走」，言下之意就是「變壞、衰退」；另外「把提議往下轉」指的是「拒絕」。

轉（turn）往下（down）▶▶▶ 調低（音量），變差，拒絕

Turn down the gas. 把瓦斯關小。

The economy has **turned down**. 經濟每況愈下。

I **turned down** his proposal. 我拒絕了他的提議。

03 變化的 **turn into**

turn into 的意思為「轉（turn）成（into）、使產生變化」，什麼東西都能變，像是客人房變成小孩房、朋友關係轉成戀人關係，在男女對唱的歌曲 Tonight I celebrate my love 裡，有這麼一句歌詞：Tonight we will both discover how friends turn into lovers ⋯⋯，是説「今晚我們會發現，朋友是怎麼變成戀人的」。

轉（turn）變成⋯⋯（into）▶▶▶ 變成⋯⋯，改變

I **turned** the guest room **into** a nursery. 我把客房改成小孩房。

I'd like to **turn** part of the lawn **into** a flower bed.
我想把草地的一部分改成花圃。

Can a 10-year friendship **turn into** a relationship?
十年的友誼有辦法發展成為戀人嗎？

04 交給的 **turn in**

in

turn in 的意思為「轉（turn）朝向裡面（in）」，譬如把功課寫完後轉給老師，意即「交給」；可以試著想像「走出去後，因為很累又轉個方向進家門休息」，就是指「睡覺」；「轉個方向進到警察局裡」，則表示「檢舉」人。

轉（turn）進去（in）▶▶▶ 提交，睡覺，（到警局）自首

Turn in your paper. 請遞交你的們的作業。

It's about time to **turn in**. 現在是該睡覺的時間。

The murderer **turned** himself **in**. 殺人犯自首了。

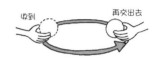

收到　　再交出去

05 可得到結果的 **turn out**

out

turn out 的意思為「轉（turn）出來（out）」，因為是轉到外面示人，意即「結果是……、成為……」，又因為「轉到外面」，所以延伸為「關掉」的意思，例如 turn out the light，這句話是說「把電燈關掉」的意思。

轉（turn）出來（out）▶▶▶ 是為……，結果是……

Everything **turned out** fine. 一切都很順利。

It **turned out** to be a boy. 結果是個男孩。

BOY

06 翻過來的 **turn over**

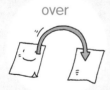

over

turn over 的意思為「轉（turn）過去（over）」，意即「翻過去」，譬如把魚翻面，翻身也都是 turn over；此外，尚有把東西「轉個方向交出去」的意味，指的是「轉交」；「把人、東西轉交給警察」是指「去向警察報案、移交」。

轉（turn）過來（over）▶▶▶ 翻過來，翻身，檢舉

Turn over the fish before it gets burnt. 在燒焦之前須把魚翻面。

My husband hogs all the blankets when he **turns over** in bed.
我丈夫每次翻身的時候，都會把棉被捲走。

He **turned over** the gun to the police. 他把槍交給警察。

07　令人興奮的 **turn on**

15-7

turn on 的意思是「轉（turn）接上（on）、使進行、使運轉」，也經常被用來當「開啟電源」解釋；若是「開啟人的電源」則意指「讓人在生理上興奮、激起性慾」；若突然改變方向，可能會產生碰撞，所以也有「攻擊、頂撞」的意思。

轉（turn）接上，使進行（on）▶▶▶ 開（電源），激起性慾，攻擊

Turn on the TV.　把電視打開。

He **turns** me **on**.　他使我興奮。

His dog **turned on** me.　他的狗攻擊我。

08　使人意興闌珊的 **turn off**

15-8

turn off 的意思為「轉（turn）掉（off）」，也就是指把「水、電、瓦斯、火、車子、電器產品等關掉」。如果把人關掉，則代表「使人意興闌珊、失去興致」。

轉（turn）掉（off）▶▶▶ 關掉（電源），鎖起來，使人意興闌珊

I **turned** the car **off**.　我把車子熄火了。

The water is still running. I forgot to **turn** it **off**.
水還在流，看來我忘記關了。

He **turns** me **off**.　他令我倒胃口。

09　依靠的 **turn to**

15-9

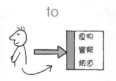

turn to 的意思為「轉（turn）向（to）」，可做「電視轉台」解釋，也可以用來表達「求助於……、依賴」。turn to drugs 這句話是說「依靠藥物」；turn to food for comfort 則表示「靠吃東西求取安慰」。

轉（turn）向於……（to）▶▶▶ 改變，依靠，求助

I **turned to** Channel 5.　我轉到第五台。

I **turn to** food when I feel lonely.　當我感到孤單時，我就會吃東西。

You need to **turn to** the police for help.　你應該求助警方。

10　好轉的 **turn around**

🎧 15-10

turn around 的意思為「轉（turn）換方向（around）、好轉」，經常被用來形容一蹶不振的生意、不如人意的狀況逐漸好轉、漸入佳境；「經濟逐漸好轉」的英文為 The economy is slowly turning around，由衷期待這一天趕快來臨！

轉（turn）使好轉（around）▶▶▶ 轉動，使復甦，逆轉

He **turned** the business **around**. 他讓生意起死回生。

Things will **turn around** for you. 所有的事情都會好轉。

11　疏離的 **turn away**

🎧 15-11

turn away 的意思為「轉身（turn）遠去（away）、轉頭而去」，也做「打發掉、送走客人、轉身而去」的意思；此外也有「轉身離開……、不聞不問」的意思。

轉身（turn）遠去（away）▶▶▶ 打發掉，送，不聞不問

How do I **turn away** a guy who is hitting on me? 我該怎麼把那個纏著我的傢伙打發走呢？

The doorman **turned** him **away**. 警衛把他送走了。

I **turned** my face **away** from him. 我轉身離他而去。

12　背對著的 **turn against**

🎧 15-12

turn against 的意思為「轉個方向（turn）對立（against）」，意即「討厭原本喜歡的對象、背叛」，A friend today may turn against you tomorrow 這句話是說「今日的朋友有可能是明日的敵人」，雖然這是誰也不願見到的事情，但確實存在於生活之中，平常就要小心謹慎，以免此事發生在自己身上。

轉身（turn）對立（against）▶▶▶ 變的討厭，反感，背叛

My dog **turned against** me. 我家的狗討厭我。

The people **turned against** their government.
人民對政府感到反感。

01 我必須趕在店家關門以前把片子還回去。　I need to turn＿＿＿＿the video before the shop closes.

02 我在九點的時候入睡。　I turn＿＿＿＿at nine.

03 不要開燈。　Don't turn＿＿＿＿the light.

04 他會出現在會議上嗎？　Will he turn＿＿＿＿at the meeting?

05 客廳變成宴會廳了。　The family room was turned＿＿＿＿a party hall.

06 我已經失業好幾年了，該怎麼做才能改變人生呢？　I've been unemployed for years. How do I turn my life ＿＿＿＿?

07 我不知道該求助於誰。　I didn't know whom to turn＿＿＿＿.

08 他回絕了提案。　He turned＿＿＿＿the offer.

09 事情如我所預期的。　It turned＿＿＿＿how I expected.

10 把抹布翻面，用乾淨的那面把它擦得更亮吧。　Turn the cloth＿＿＿＿and use the clean side to get a better shine.

11 媽媽總是試著要讓我討厭爸爸。　My mother was always trying to turn me＿＿＿＿my father.

12 我向老師打他們的小報告。　I turned them＿＿＿＿to the teachers.

13 關掉電視然後去睡覺。　Turn＿＿＿＿the TV and go to sleep.

14 他把音樂關小聲一點。　He turned＿＿＿＿the music.

15 我必須求助於專家。　I need to turn＿＿＿＿a professional

16

Ａ：我夢到我男朋友咬我，然後我還變成了吸血鬼。　I had a dream that my boyfriend bit me and turned me＿＿＿＿a vampire.

Ｂ：妳對吸血鬼的書也太入迷了吧？　You're really into vampire books, aren't you?

解答　01 in 02 in 03 on 04 up 05 into 06 around 07 to 08 down 09 out 10 over 11 against 12 in 13 off 14 down 15 to 16 into

＊數字與本書的動詞句説明編碼是一致的。

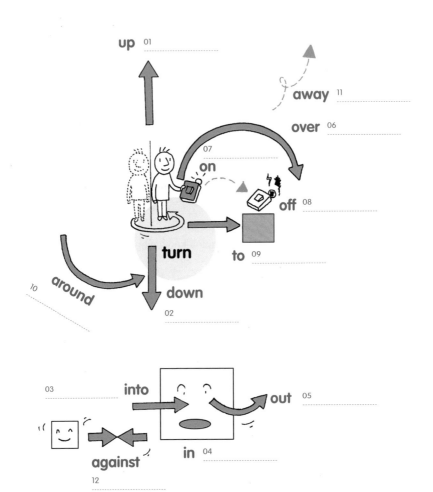

解答 01 提高（音量），出現 02 調低（音量），變差，拒絕 03 變成……，改變 04 提交，睡覺，（到警局）自首 05 是為……，結果是…… 06 翻過來，翻身，檢舉 07 開（電源），激起性慾，攻擊 08 關掉（電源），鎖起來，使人意興闌珊 09 改變，依靠，求助 10 轉動，使復甦，逆轉 11 打發掉，送，不聞不問 12 變的討厭，反感，背叛

Ⓐ 請寫出下列片語的意思

01 give out _____

02 give away _____

03 give in _____

04 give off _____

05 pull up _____

06 pull down _____

07 pull away _____

08 pull off _____

09 fall in(to) _____

10 fall out _____

11 fall for _____

12 fall on _____

13 hold out _____

14 hold off _____

15 hold up _____

16 hold down _____

17 turn up _____

18 turn in _____

19 turn out _____

20 turn on _____

Ⓑ 請依照中文意思寫出片語。

01 放棄，讓步，（犯人）自首 _____

02 還給，回報，恢復 _____

03 （列車）抵達（車站），（警察）解押（犯人） _____

04 扯開來，分解，難受，勸架 _____

05 落後，耽誤，延宕 _____

06 掉落，以失敗收尾，告吹 _____

07 固定，緊緊握著，等待 _____

08 縮進去，忍住 _____

09 變得討厭，反感，背叛 _____

10 改變，依靠，求助 _____

C 看圖然後在空格內填入適當的單字。

01

It's giving＿＿＿＿＿a strong smell.

這東西發出一種很臭的味道。

02

She pulled＿＿＿＿＿her head when he tried to kiss her.

當他試著親她的時候，她把頭往後退。

03

Her house is falling ＿＿＿＿＿.

她的房子正在倒塌。

04

I think they're holding something ＿＿＿＿＿.

我覺得他們好像在隱瞞什麼。

05

I turned＿＿＿＿＿his proposal.

我拒絕了他的提議。

06

Can a 10-year friendship ＿＿＿＿＿a relationship?

十年的友誼有辦法發展成為戀人嗎？

D 參考中文語意，在空格內填入適當的字。

01 她是不會屈服於誘惑的。　　　She didn't give＿＿＿＿＿to the temptation.

02 要好好振作精神。　　　Pull yourself＿＿＿＿＿.

03 我不會被這件事情打倒的。　　　I'm not falling＿＿＿＿＿over this.

04 車禍使交通停擺了一個小時。　　　The accident held＿＿＿＿＿traffic for an hour.

05 他讓事業起死回生。　　　He turned the business＿＿＿＿＿.

▶ 解答在 290 頁

動詞 break 的基本意思為「弄碎、打破、打斷」，又從弄碎、打破的意思延伸出「故障、破裂」的意思。

打破 打碎

He **broke** the window. 他把窗戶打破了。
He **broke** my arm. 他把我的手臂打斷了。
My son **broke** the TV. 我兒子把電視弄壞了。
My car **broke** down. 我的車子拋錨了。

打破紀錄、承諾、規則

可以打破的除了肉眼可見的以外，像是「關係、規則、承諾、習慣、紀錄、極限」也可以被打破。

She **broke** my heart. 她傷了我的心。
He **broke** his promise. 他打破自己的約定。
He **broke** the speed limit. 他超速了。
It's hard to **break** a bad habit. 要改掉壞習慣實在很難。

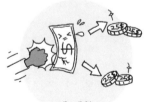

分，分割

此外，從「打破」一義延伸出「分給、分割、切開」等意思。

Can you **break** this bill? 你可以幫我把紙鈔換成銅板嗎？

請想像某個狀況突然破殼而出的畫面，break 也可以用來形容「突然開始、發生、傳達突然性的消息」。

A fire **broke** out. 發生火災。
She **broke** into tears. 她突然放聲大哭。
How can I **break** the bad news to my parents? 我該怎麼把壞消息告訴父母呢？

01 分手的 **break up**

break up 的意思為「完全（up）裂成碎片（break）」，碎成一塊一塊，指「分離、分割」；如果是男女之間的關係破碎，言下之就是指「分手」，這個片語經常被用來形容「男女關係決裂」。

裂成碎片（break）完全（up）▶▶▶ 分手，（通話）掛斷，裂成碎片（into）

We **broke up**. 我們分手了。

You're **breaking up**. I'll call you back. 你的聲音斷斷續續，我再重打一次。

My plate **broke up** into pieces. 我的盤子破成碎片。

02 故障的 **break down**

break down 的意思為「因為破掉（break）而停擺（down）」；如果機器 down 掉，表示「故障」；若是會談、婚姻生活 down 掉，則指「失敗」；人要是 down 掉，則指哭著暈過去或健康狀態變差的意思；因為是一大塊碎裂成好幾個小塊，由此意境延伸出能夠幫助理解、分析的「分類」。

破掉（break）往下（down）▶▶▶ 崩潰（in tears），故障，分類

She **broke down** in tears. 她崩潰大哭。

My car **broke down**. 我的車子拋錨了。

Let me **break** it **down** for you. 我要跟你把這件事講明白。

03 表示穿破的 **break through**

break through 的意思為「穿（through）破（break）、突破」。穿破障礙物、困難表示「克服困難、成功度過難關」；牙齒頂破牙齦往上長出來即是「長牙齒」。

穿（break）破（through）▶▶▶ 穿破，突破

He **breaks through** the door. 他破門而出。

How do Hackers **break through** our firewall?
駭客們是怎麼突破防火牆的呢？

My baby's first tooth just **broke through**. 我的小孩長出第一顆牙齒了。

04 侵入、妨礙的 **break in**

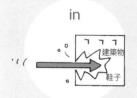

break in 的意思為「打破後（break）進入裡面（in）」，既然是打破後進入，指的即是「侵入」，Someone broke in 這句話是說「有人闖入了」；若是打破狀況進去裡面，則指「從中介入妨礙」；把新鞋子、手套弄破穿進去，意指「使（物件）逐漸合用、使適應」。

打破後（break）進入裡面（in）▶▶▶ 侵入，妨礙（on），使（鞋子、汽車等）逐漸合穿合用

I **broke in** on them while they were kissing. 我進門時他們正在接吻。

How can I **break in** my new running shoes?
該怎麼讓新球鞋穿得習慣呢？

05 逃出的 **break out**

break out 的意思為「打破（break）之後往外走（out）」，打破監獄跑去外面即為「逃獄」，打破會議走到外面為「開會時中途離開」；此外，像是皮膚上長粉刺或疹子、突然發生戰爭、火災等等，都有突然發生的意境，所以都可以用 break out 形容。

打破（break）往外走（out）▶▶▶ 逃獄（of），中途離開（of），長（青春痘等）

He **broke out** of jail. 他逃獄了。

I can't **break out** of the meeting. 我沒辦法在開會時中途離開。

I always **break out** before my period. 我的生理期快到時，臉上總會長粉刺。

06 突然打破而入的 **break into**

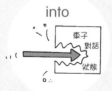

break into 的意思為「打破（break）後進入（into）、強制打開」，因為也是打破後進入，所以也跟 break in 一樣具有「闖入」的意思；若是進入某狀況內，意指「打斷、妨礙」；因為是突然衝進某個狀況裡，所以也有「突然開始……」的意思。

打破（break）進入……（狀況）（into）▶▶▶ 闖入，從中介入，突然開始……

I had to **break into** my car. 我必須破窗進入我的車內。

He **broke into** our conversation. 他打斷了我們的談話。

She **broke into** tears. 她開始放聲大哭。

07 想要脫離的 **break away**

break away 的意思為「打破（break）遠離（away）」，意即「離開」；脫離隸屬的團體、關係離去，也就是「脫離、離開、退出」。

打破（break）遠遠地（away）▶▶▶ 離開（from），切斷關係（form），脫離（from）

The branch **broke away** from the tree.
樹枝突然從樹上掉了下來。

Is there anything I can do to **break away** from my depression?
有沒有辦法可以讓我脫離憂鬱症呢？

08 折斷、斷掉的 **break off**

break off 字面上的意思為「破掉（break）後分離（off）」，表示「折斷、斷掉」等，頭髮若是 break off，表示髮質看起來受損嚴重，好像要折斷了一樣；此外，也能折斷肉眼無法見到的，例如「切斷關係或斷了聯絡、中斷正在做的事情」。

破掉後（break）分離（off）▶▶▶ 掉出去，切斷（關係、聯絡等），中斷

My hair is starting to **break off**. 我的髮尾開始分岔了。

She **broke off** the engagement. 她解除了婚約。

She **broke off** in the middle of her lecture. 她中斷了她的課。

09 分裂的 **break apart**

break apart 的意思為「破的（break）四分五裂（apart）、支離破碎」。

破的（break）四分五裂（apart）▶▶▶ 分散，裂開，分裂

The clouds **broke apart**. 雲散成一朵一朵的。

Break the bread apart. 把麵包切開。

Nothing can **break** us **apart**. 怎樣都不能將我們分開。

01 我跟老朋友斷絕來往，交了新朋友。　I broke _____ from my old friends and made new ones.

02 群眾突破了障礙物。　The crowd broke _____ the barriers.

03 我認為我必須跟他斷絕關係。　I think I should break it _____ with him.

04 因為我忘了保險箱的密碼，所以必須破壞保險箱。　I lost the combination to my safe so I had to break _____ it.

05 我的車在開回家的路上故障了兩次。　My car broke _____ twice on the way home.

06 大伙們，解散！　Guys, break it _____.

07 我的學生崩潰大哭。　My student broke _____ in tears.

08 殺人犯逃獄了。　The murderer broke _____ of prison.

09 他妨礙了我們的談話。　He broke _____ on our conversation.

10 他破門而入。　He broke _____ the door.

11 他解除了婚約。　He broke _____ their engagement.

12 她破壞了我父母的婚姻。　She broke _____ my parents' marriage.

13 我應該永遠斷絕我們的友誼關係嗎？　Should I break _____ our friendship for good?

14 我應該放棄對食物的嗜好。　I need to break _____ from my food addiction.

15

A：我爸爸威脅說要拆散我們，他是不會答應我們的婚事的。　My dad is threatening to break us _____. He doesn't approve of our marriage.

B：別擔心，親愛的，誰也拆散不了我們。　Don't worry, honey. Nothing at all can break us _____.

表達　04 combination [ˌkɑmbəˋneʃən] *n.* 號碼（數字或字母的組合）11 engagement [ɪnˋgedʒmənt] *n.* 訂婚
14 addiction [əˋdɪkʃən] *n.* 中毒；上癮

解答　01 away 02 through 03 off 04 into 05 down 06 up 07 down 08 out 09 in 10 down 11 off 12 up 13 off 14 away 15 up, apart

* 數字與本書的動詞句説明編碼是一致的。

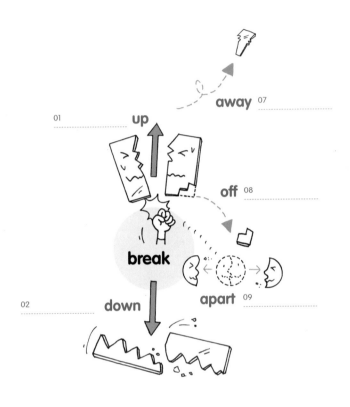

01 ......

up

away 07 ......

off 08 ......

break

down

02 ......

apart 09 ......

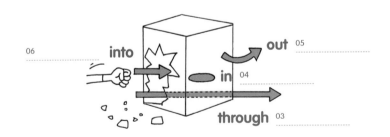

06 ......

into

out 05

in 04

through 03 ......

解答　01 分手，（通話）掛斷，裂成碎片（into）02 崩潰（in tears），故障，分類 03 穿破，突破 04 侵入，妨礙（on），使（鞋子、汽車等）逐漸合穿合用 05 逃獄（of），中途離開（of），長（青春痘等）06 闖入，從中介入，突然開始…… 07 離開（from），切斷關係（form），脫離（from）08 掉出去，切斷（關係、聯絡等），中斷 09 分散，裂開，分裂

跑、動、流的 run

跑

動詞 run 的基本意思為「跑、使對象物跑」。

I **ran** from the bus stop. 我從公車站開始跑。
A car **runs** on gasoline. 汽車仰賴汽油。

經營事業

「跑」這個動作的意境，就是持續在動，因此延伸出「會議的進行、機器的運轉、事業或商店的經營、報紙或雜誌上新聞的刊登」。

The meeting **ran** for an hour. 會議進行了一個小時。
I **run** a small business. 我經營一個小型的事業。
The play **ran** for 3 months. 這齣戲劇公演了三個月。
I **ran** a personal ad in my local paper.
我在地方新聞刊登了廣告。

液體流動

此外，run 也可以用來表示「液體持續的跑動」，意即「水、液體等的流動」；而「路線、水管等等像水流動般地連接起來」，言下之意就是「一直連接下去」；「遺傳性因子在家族體內流竄」意思延伸為「家族遺傳」。

His nose is **running**. 他一直流鼻水。
I have a cable **running** through the room.
有條纜線穿過了我的房間。
A gas pipe **runs** along my kitchen.
瓦斯管線沿著廚房裝設。
Depression **runs** in the family.
憂鬱症是我們的家族病史。

01　Diabetes can **run** in the family. 糖尿病可能會遺傳。　🎧 17-1

跑進去的 **run into**

run into 的意思是「跑（run）進去（into）」，既然是跑到裡面去，即表示「撞到……」，加上不是故意去碰撞到的，所以也做「偶然遇見」解釋。

跑（run）進去（into）▶▶▶ 相撞，陷入（麻煩），偶然遇見

I **ran into** a glass door. 我撞到玻璃門了。

I **ran into** trouble. 我陷入麻煩了。

I **ran into** my friend on the way home.
我在回家的路上偶然遇到了朋友。

02　跑出去的 **run out**　🎧 17-2

run out 的意思為「跑（run）出去（out）」，既然有東西跑出去，所以延伸出「不夠、見底」的意思。Time ran out 或者 I ran out of time 是說「沒有時間了（時間已經見底了）」；此外，run out 後面若接 on，則有「離開某人」的意思。

跑（run）出去（out）▶▶▶ 見底，離開（某人）（on）

We **ran out** of sugar. 我的糖用完了。

I'm **running out** of excuses. 我的藉口已經用完了。

He **ran out** on me. 他離開了我。

03　撞倒輾過的 **run over**　🎧 17-3

run over 字面上的意思為「助跑（run）跨過（over）」；若液體 run over，表示「滿出來」；車子 run over，則是「輾過」；資料 run over，則是指「快速瀏覽過」。

跑（run）往上（over）▶▶▶（液體）滿出來，（被車子）輾過，快速瀏覽

My toilet is **running over**. 馬桶滿出來了。

I **ran over** a cat. 我輾過一隻貓。

Let's **run over** tomorrow's schedule. 我們來快速看一下明天的行程。

04 跑上去的 **run up**

run up 的意思為「跑（run）上去（up）」，可以用來表示「跑上樓、跑去接近……」，從跑上去的意境，另外延伸支出或債務等等的「增加」。

跑（run）上去（up）▶▶▶ 跑上去，跑去……（to），（債務）增加

He **ran up** the stairs.　他跑上樓梯。

My son **ran up** to me for help.　我兒子跑來向我求救。

Do not **run up** credit card debt.　別再增加信用卡卡債了。

05 跑下去的 **run down**

run down 的意思為「跑（run）下去（down）、流下來」，可用來形容油漆、睫毛膏滴下來，或者是疼痛的地方接二連三發作等等都可以用 run down 表達；因為是往下流，所以也可以用來形容「電池沒電了、筋疲力竭」；「車子跑去把人壓倒在地」意即「撞倒」的意思。

跑（run）下去（down）▶▶▶ 滴下來，下來，撞倒

She has mascara **running down** her cheeks.
她的睫毛膏滴到臉頰了。

My friend was **run down** by a bus.
我的朋友被一台公車撞倒了。

06 跑向…………的 **run to**

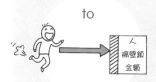

run to 的意思為「跑（run）去（to）……」，也可用來形容「數量或金額到達……、道路連接到……」，看到這裡，有沒有想到什麼歌曲呢？有蠻多歌手唱過的 Run To You，奔向的目標如果是心上人，聽起來還真令人臉紅心跳呢！

跑（run）去……（to）▶▶▶ 跑向……，（數量）達到……，連到……

I **ran to** him.　我跑向他。

My savings have **run to** $10,000.　我的存款已經到達一萬元了。

The road **runs to** the next town.　這條路通到下一個城鎮。

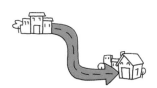

07 跑走的 **run away**

run away 的意思為「跑（run）開（away）」，意即「跑走、逃走」，如果是跟情人一起逃走，表示「為了愛情私奔」。

跑（run）開（away）▶▶▶ 跑走，逃開，逃走

My dog **ran away**. 我的狗逃跑了。

He **ran away** with my money. 他拿著我的錢逃走了。

He's **running away** from his responsibilities. 他在逃避責任。

08 跑掉的 **run off**

run off 字面上的意思為「快跑（run）掉（off）」，所以也有「跑走、逃走、快走」的意思，若和 with 一起用，則表示「帶著……逃走」；而「跑掉」也有「跑掉而脫離……」的意味在，所以也可以用來表示「偏離，使偏離」以及「液體流掉」。

跑（run）掉（off）▶▶▶ 逃走，（車子）偏離，流掉

He **ran off** with my purse. 他拿著我的錢包跑走了。

He **ran** me **off** the road. 他把我擠出車道之外。

Sweat is **running off** his nose. 汗水從他的鼻子流下來。

09 跑來跑去的 **run around**

around 的意思為「在周圍（around）跑來跑去（run），像畫圓那樣子兜圈子」，可以用來表示「因為忙什麼而轉來轉去的」。

跑（run）到處（around）▶▶▶ 跑來跑去，奔波，鬼混

Stop **running around**. 別再跑來跑去了。

I'm **running around** preparing for her birthday party.
為了準備她的生日派對，我忙得暈頭轉向。

They are **running around** in circles. 他們一直在繞圈圈。

through

run through 的意思為「跑（run）通過……（through）」,「草草瀏覽或快速看過一次」也可以用 run through 表示。

跑（run）過（through）▶▶▶ 無視於……而跑過去,撥弄（以手指頭梳理頭髮的動作）(one's fingers through hair),草草瀏覽。

I **ran through** a red light. 我闖了紅燈。

He **ran** his fingers **through** his hair. 他用手指頭撥弄頭髮。

Let's **run through** the list. 我們來快速瀏覽一下目錄。

01 我的狗被車子輾過了。　　　My dog was run＿＿＿＿＿＿by a car.

02 我在忙她的新生兒派對。　　I'm running＿＿＿＿＿＿preparing for her baby shower.

03 他跟他的情婦一起逃走了。　He ran＿＿＿＿＿＿with his mistress.

04 遠離陌生人。　　　　　　　Run＿＿＿＿＿＿from strangers.

05 跑去找你媽媽。　　　　　　Run＿＿＿＿＿＿your mommy.

06 我們（車子）沒油了。　　　We're running＿＿＿＿＿＿of gas.

07 電池沒電了。　　　　　　　The battery is running＿＿＿＿＿＿.

08 我偶然碰到老朋友。　　　　I ran＿＿＿＿＿＿an old friend.

09 我的耐心要用完了。　　　　I'm running＿＿＿＿＿＿of patience.

10 為了讓孩子們做好準備，　　I was running＿＿＿＿＿＿the house to get the kids
我在屋子裡四處奔波。　　　ready.

11 那是家族遺傳。　　　　　　It runs＿＿＿＿＿＿the family.

12 我期待可以偶然遇到他。　　I'm looking forward to running＿＿＿＿＿＿him.

13 不要在手扶梯上跑上跑下的。Do not run＿＿＿＿＿＿and＿＿＿＿＿＿escalators.

14 逃避不是解決之道。　　　　Running＿＿＿＿＿＿is no solution.

15 油漆從牆壁上滴了下來。　　The paint is running＿＿＿＿＿＿the walls.

16

A：當我一直胡思亂想時，想該如何入睡呢？	How can I go to sleep when I have a lot of thoughts running＿＿＿＿＿＿my mind?
B：閉上你的眼睛從 100 開始倒數。那會有幫助的。	Close your eyes and count backward from 100. That'll help.

表達　02 baby shower 新生兒派對（為了慶祝朋友懷孕而舉行的贈送嬰兒用品派對）03 mistress [ˋmɪstrɪs] *n.* 情婦

表達　01 over 02 around 03 off 04 away 05 to 06 out 07 down 08 into 09 out 10 around 11 in 12 into 13 up, down 14 away 15 down 16 through

＊數字與本書的動詞句説明編碼是一致的。

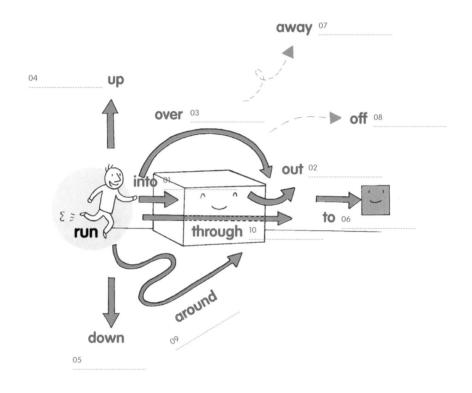

look

用眼睛看的 look

看，看見

look 的意思為「看、看見」，比 see 有「更加積極、留意去看」的意味；look 也有「看起來、感覺⋯⋯」的意思。

Turn around and **look** at me. 轉過來看看我。
You **look** good today. 你今天看起來不賴。

哇⋯⋯長得好像

跟⋯⋯長得很像，看起來像⋯⋯

從跟某個對象「看起來很類似」延伸有「跟⋯⋯長得很⋯⋯」的意思，比較常見的用法還有「從後面看」，意即「照顧」的意思。

You **look** just like your father. 你長的好像你爸。
I'll have to **look** after my baby. 我必須照顧我的小孩。

此外，像「尋找、調查」這些動作亦包含了需要用眼睛察看的意味，所以也是很常見的用法。

What are you **looking** for? 你在找什麼東西？
I'll **look** into it. 我會調查這件事。

除了單純用眼睛看的動作之外，也可以應用在表達「期待將來、回頭看看過往」等意思。

They often **look** back on their lives. 他們經常回顧他們的生活。
I'm **looking** forward to spending time with you. 我很期待與你共度的時光。

01 看仔細的 **look into**

look into 的意思為「看（look）進去（into）」，因為是仔細地往裡面看個清楚，所以延伸為「調查」的意思。

看（look）進去（into）▶▶▶ 把……仔細看個清楚，調查

I **looked into** her eyes. 我仔細凝視著她的眼睛。

The police are **looking into** the murder case.
警察正在調查這個殺人案件。

They'll **look into** your complaint. 他們會調查你的客訴事件。

02 留意看外面的 **look out**

look out 的意思為「看（look）外面（out）」，表示「向外面看去、注意看外面有沒有危險、注意、當心」的意思。

看（look）外面（out）▶▶▶ 當心，看外面

Look out! 小心！

You need to **look out** for bad people. 你必須當心壞人。

I like **looking out** the window of the car. 我喜歡在車子裡往窗外看。

03 尋找的 **look for**

look for 的意思為「往（for）……看（look）」，意指「尋找」；除了具體的人、事、物以外，像 trouble 也能用 look for 形容，Let's not look for trouble！這句話是說「我們不要自找麻煩吧！」。

看（look）往……（for）▶▶▶ 尋找

I'm **looking for** a house. 我正在找房子。

I'm **looking for** my textbook. 我正在找我的課本。

You're the one I've been **looking for**. 你就是我一直在找的人。

04 抬頭看的 **look up**

look up 的意思為「看（look）上面（up）、抬頭看」，「往上看去」亦包含了「找」的意味，如果是人當受詞，則意指「跟許久未見面的人聯絡、見面」；此外也可以用來表示「比賽或狀況等的好轉」，若跟 to 一起使用，則意指「尊敬某人」。

看（look）上面（up）▶▶▶ 找（字典等等），（狀況）好轉，尊敬（to）

Look it **up** in the dictionary. 去查字典看看。
The economy is **looking up**. 經濟正在好轉。
I **look up** to my teacher. 我尊敬我的老師。

05 往下看的 **look down**

18-5

look down 的意思為「往下（down）看（look）」，若接 on 後面又接人，因為是往下看，所以表示「輕視」，是 look up 的反義詞。

看（look）往下（down）▶▶▶ 往下看，輕視（on）

Don't **look down**. 不要往下看。
He always **looks down** on me. 他總是瞧不起我。
He **looks down** on what I did. 他看不起我做的事情。

06 往後看的 **look back**

18-6

look back 的意思為「往後（back）看（look）」，比喻性的表示「回頭看看過去」，只要在電影節的紅地毯進場盛況中，隨時都能聽到「Look back!」這句話是說「回頭看一下！」，是請大明星們在多駐足一會兒的話語。

看（look）往後（back）▶▶▶ 看後面，回顧過去

Don't **look back**. 不要看後面。
Look back at your past. 回顧一下你的過去。

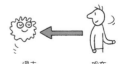

過去　　　　現在　　　　未來

07 看四周的 **look around**

🎧 18-7

look around 的意思為「看（look）四周（around）」，表示「環顧周圍、張望」；如果有機會接待從國外來的朋友，你可以問他：Where do you want to look around today? 意思是說「今天你想去參觀哪裡呢？」。

看（look）四周（around）▶▶▶ 看……的四周，參觀，環顧

Look around you. 看一下你的四周。

I **looked around** the museum. 我去參觀了博物館。

Can I **look around**? 我可以參觀一下嗎？

08 大致看過的 **look over**

🎧 18-8

look over 的意思為「看（look）過去（over）」，表示「快速看過一遍」或者「整體瀏覽、查看有沒有問題點」，look over your shoulder 這句話用於開車時，在切入旁邊的車道之前「先往後照鏡看一下，也就是確認一下後方有無來車的意思」。

看（look）過去（over）▶▶▶ 大致看過，檢查

He **looked over** the book. 他把書大致看過一遍。

Look over your shoulder before changing lanes.
變換車道之前，確認一下你的後方有無來車。

09 調查以及輕視的 **look through**

🎧 18-9

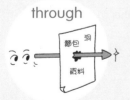

look through 字面上的意思為「看（look）穿（through）」，表示「穿透……去看」，意指「閱讀、檢討、調查、翻找」；另外，「穿透某物看過去」則意指「視若無睹、輕視」。

看（look）穿（透）（through）▶▶▶ 看穿……，充分檢討，翻找

I **looked through** the peephole. 我從門眼看過去。

I'm **looking through** some paperwork. 我正在檢視一些資料。

My mom **looked through** my room and found cigarettes.
我媽翻找我的房間然後找到香菸。

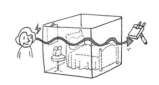

01 我的老朋友來這附近時，跟我見了面。

My old friend looked me＿＿＿＿＿＿ when she was in the area.

02 我翻找了照片。

I looked ＿＿＿＿＿ the photos.

03 我也不清楚我到底在找什麼。

I don't know exactly what I'm looking ＿＿＿＿＿.

04 他們來這裡看房子。

They came to look the house ＿＿＿＿＿.

05 你有什麼特別要找的嗎？

Were you looking ＿＿＿＿＿ anything in particular?

06 小心點，不然你會跌倒。

Look ＿＿＿＿＿! You're going to fall.

07 我正在調查。

I'm looking ＿＿＿＿＿ it.

08 別回頭看過去，儘管向前看。

Don't look ＿＿＿＿＿. Look forward.

09 我想跟大學時期的朋友聯絡。

I want to look ＿＿＿＿＿ my friends from college.

10 我查看了他的手機，發現了幾封他傳給前女友的簡訊。

I looked ＿＿＿＿＿ his cellphone and found several text messages to his ex-girlfriend.

11 我在買車之前，有請技師先過來檢查一下。

I had a mechanic look the car ＿＿＿＿＿ before I bought it.

12 請隨意看看。

Feel free to look ＿＿＿＿＿.

13 她裝作沒看到我。

She looked straight ＿＿＿＿＿ me.

14 我尊敬我媽。

I look ＿＿＿＿＿ to my mother.

15 我得照顧我弟弟。

I had to look ＿＿＿＿＿ my younger brother.

16
　A：輪到你唱歌了。

　　Now it's your turn to sing

　B：等一下，我還在找我喜歡的歌。

　　Just a moment. I'm looking ＿＿＿＿＿ my favorite song.

解答 01 up 02 through 03 for 04 over 05 for 06 out 07 into 08 back 09 up 10 through 11 over 12 around 13 through 14 up 15 after 16 up

* 數字與本書的動詞句説明編碼是一致的。

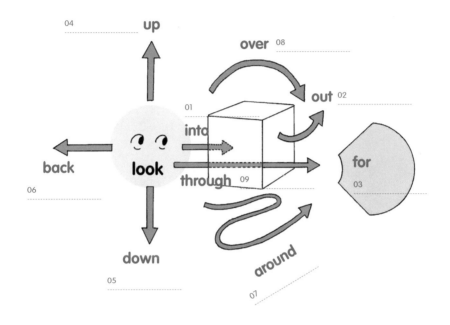

解答　01 把……仔細看個清楚，調查 02 當心，看外面 03 尋找 04 找（字典等等），（狀況）好轉，尊敬（to）05 往下看，輕視（on）06 看後面，回顧過去 07 看……的四周，參觀，環顧 08 大致看過，檢查 09 看穿……，充分檢討，翻找

(help)

有助益的 help

幫助

help 的基本意境為「為了達到某種目的而做出某些行動」，是為「幫忙使事情變得更容易」；help 的基本意思「幫助、有幫助」就是這樣來的。

May I **help** you? 需要幫忙嗎？
You're not **helping**. 你幫不上什麼忙。

使緩和

像藥物這類的東西如果要進行 help，表示「對治療（疾病）有幫助」，延伸為「使病痛、症狀緩和」的意思。

The medicine **helped** my cough. 藥減輕了我的咳嗽。

節制，避免

help 在否定句中表示「避免、節制」，cannot help……這句話表示「不由自主」，意即「無法避免去做……」或「只能」。

I couldn't **help** it. 我忍不住。
I couldn't **help** laughing. 我止不住的笑。

01 幫忙去做某事的 **help with**

help with 的意思為「幫忙（help）去做……（with）」，是從小孩子到老年人常用到的片語，譬如說「幫我搬桌子」是 help me with the desk，「幫我寫報告」是 help me with the report。

幫忙（help）去做……（with）▶▶▶ 幫助

Can you **help** me **with** my homework? 你可以協助我做功課嗎？

Help me **with** the dishes. 幫我洗碗。

Help me **with** the party. 幫我準備派對。

02 救出來的 **help out**

help out 的意思為「幫忙（help）逃出去外面（out）」，help out 某人離開特定的地方，言下之意就是「幫助某人逃出去」；若是 help out 從困難中逃出，即為「救出、幫忙解決問題」。

幫忙（help）出去（out）▶▶▶ 幫助某人逃出去，幫助（解決困難）

Help me **out**. 幫我一下。

He **helped** me **out** of the car. 他協助我下車。

Kids can **help out** around the house. 小孩子也可以幫忙做家事。

03 載人的 **help into**

help into 的意思為「幫忙（help）使其進入裡面（into）」，意即「幫助對方進入車內、屋內、入睡」；help me into my suit 這句話是說「幫我穿衣服」。

幫忙（help）使其進入裡面（into）▶▶▶ 載（車子），攙扶（進屋內），幫助（入睡）

He **helped** me **into** the car. 他扶我進入車內。

He **helped** me **into** the house. 他協助我進入屋內。

I **helped** my kids **into** their beds. 我幫助我孩子們入睡。

04 幫忙（某人）起來的 **help up**

🎧 19-4

help up 的意思為「幫助某人（help）起來或上去（up）」，若是 help up 在地板上的人，意味「扶起來」，help up 上樓梯即為「幫助某人上去」。

幫忙（help）上去（up）▶▶▶ 扶起來，幫忙某人上去

He **helped** me **up** from the floor. 他協助我從地板上扶起來。

Help me **up** the stairs. 請幫助我上樓梯。

05 幫忙穿戴上的 **help on**

🎧 19-5

help on 跟 with 使用，表示「幫忙（help）穿上（on）」，意即「幫忙穿衣服或是幫忙披上衣物」，help …… put on 也是常見的用法，但是也有額外的用法，一併記住有益無害。若 help on 後面出現火車、公車時，有「幫助（某人）搭上車子」的意思。

幫忙（help）穿上（on）▶▶▶ 幫忙穿上（with），幫助某人搭上（交通工具）

Can you **help** me **on** with my watch? / Can you help me put on my watch?
你可以幫我把錶戴上嗎？

I **helped** him **on** with his jacket. 我幫他把夾克穿上。

06 幫忙脫掉的 **help off**

🎧 19-6

和 help on 正好相反，help off 的意思為「幫忙（help）弄掉（off）」，也就是指「幫忙某人下車或者把衣物脫掉」的意思。

幫忙（help）弄掉（off）▶▶▶ 幫忙扶某人下車，幫忙脫掉（with）

I **helped** him **off** the train. 我扶他下火車。

I **helped** my kids **off** with their coats. 我幫助孩子們脫掉外套。

幫忙某人推向…… help to 🎧 19-7

to

本週
悲傷
晚上

help to 的意思為「幫忙（help）使更容易去……（to）」，若 help to 某事物，表示「幫助某人去取得該物」，通常在以 oneself 為受詞的句子中，to 後面如果接食物，表示「盡情享用」；如果接的是錢，則表示「隨意自取」。

幫忙（help）推向……（to）▶▶▶ 幫助某人取得，盡情享用（oneself），隨意自取

Help yourself **to** the food.　請自行享用餐點。

The thief **helped** himself **to** the money.　小偷把錢拿走了。

Help yourself **to** these brochures.　這些小冊子請隨意自取。

---

08 **幫助某人通過的 help through** 🎧 19-8

through

本週　悲傷
夜晚

help through 的意思為「幫助某人（help）通過……（through）、幫助某人度過……」的意思，You helped me through the most difficult part of life（你幫助我度過人生最艱難的時期）。

幫助（help）通過（through）▶▶▶ 幫助某人度過

Help me **through** this week.　幫助我度過這個禮拜。

I **helped** him **through** his grief.　我幫助他克服困難。

I drank coffee to **help** me **through** the night.
我喝咖啡來幫助熬夜。

01 請你幫我看一下電腦。　　Please help me＿＿＿＿＿my computer.

02 他幫助我解決錢的問題。　　He helped me out＿＿＿＿＿some money.

03 誰來幫幫我！　　Somebody help me＿＿＿＿＿!

04 我協助我女兒寫數學功課。　　I helped my daughter＿＿＿＿＿her math homework.

05 請扶我從椅子上下來。　　Help me＿＿＿＿＿the chair.

06 你還要來點果汁嗎？　　Can I help you＿＿＿＿＿some more juice?

07 你可以幫我把外套穿上嗎？　　Can you help me＿＿＿＿＿my coat?

08 我幫忙扶老奶奶過馬路。　　I helped the old lady＿＿＿＿＿and across the street.

09 他幫助我從困境中脫困。　　He helped me＿＿＿＿＿of trouble.

10 飲料請隨意自取。　　Help yourself＿＿＿＿＿a drink.

11 請幫我把箱子拿開好嗎？　　Can you help me＿＿＿＿＿with the boxes?

12 他幫我做家事。　　He helped me＿＿＿＿＿the housework.

13 強盜把我的錢拿走了。　　The robber helped himself＿＿＿＿＿my money.

14 冰箱裡的食物請隨意自取。　　Help yourself＿＿＿＿＿anything in the fridge.

15 他幫助我度過難關。　　He helped me＿＿＿＿＿a difficult time.

16

A：我們打算為了工作搬家，我該怎麼幫助孩子們度過這個轉變呢？　　We are relocating for a job. How can I help my children＿＿＿＿＿this transition?

B：你可以讓孩子們在新環境參加他們喜愛的活動。　　You can get them involved in activities relate to their interests at a new place.

表達　14 fridge [frɪdʒ] *n.* 冰箱 16 relocate [ri`loket] *v.*（居住地等的）轉變　transition [træn`zɪʃən] *n.* 變化　involve [ɪn`vɑlv] *v.* 使參加

解答　01 with 02 with 03 out 04 with 05 off 06 to 07 into 08 up 09 out 10 to 11 out 12 with 13 to 14 to 15 through 16 through

＊數字與本書的動詞句説明編碼是一致的。

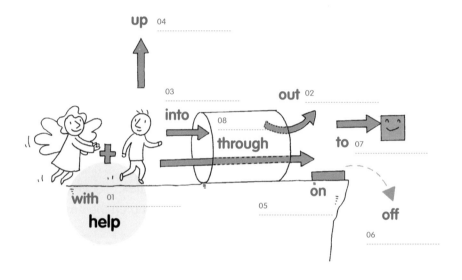

解答　01 幫助 02 幫助某人逃出去，幫助（解決困難）03 載（車子），攙扶（進屋內），幫助（入睡）04 扶起來，幫忙某人上去 05 幫忙穿上（with），幫助某人搭上（交通工具）06 幫忙扶某人下車，幫忙脫掉（with）07 幫助某人取得，盡情享用（oneself），隨意自取 08 幫助某人度過

刺入、黏貼的 **stick**

刺入

stick 的基本意思為以尖狀物「刺入、插入、釘住」。

He **stuck** a fork into the steak.

他用叉子插入牛排中。

The nurse **stuck** a needle in his arm.

護士在他的手臂上打了一針。

黏貼

從「釘住」的意義延伸出以膠水等「黏貼、貼住」的意思。

I **stuck** labels on the bottles.　我把標籤貼在瓶子上。

You need to **stick** a stamp on the envelope.

你必須把郵票貼在信封上。

在……身邊

緊貼在某個地方不離開，是指「在身邊」，若緊貼在某人身邊，則延伸有「在……身邊、對……忠誠」的意思。

I'll **stick** by you. 我會在你身邊。

Stick around. We'll be right back.

在這裡等著，我們會馬上回來。

陷入……而動彈不得

主要用於被動式，經常被用來當做「因為陷入……而動彈不得」來解釋。

I'm **stuck** in traffic. 我在車陣中動彈不得。

My heels are getting **stuck** in the mud.

我的鞋跟陷入泥濘裡了。

01 刺入的 **stick in**

stick in 的意思為「刺（stick）進去（in）」，表示將某物直直置入的動作，常見的用法有「打針、放入」等等；若是放在心裡，則指「深深植入心中、無法忘記」的意思，即為 stick in one's mind。

刺（stick）進去（in）▶▶▶ 刺入，放入，植入

The nurse **stuck** a needle **in** my arm. 護士在我的手臂上打了一針。

He **stuck** the papers **in** his desk drawer. 他把資料放進書桌抽屜裡。

Don't **stick** your hand **in** your pocket. 不要把手插在口袋裡。

02 伸出來的 **stick out**

stick out 的意思為「突出來（stick）外面（out）、伸出來外面」，像竿子那樣伸出來或是突出來在外面，讓人一眼就能看到，或者也可以用來形容將身體某部分伸出來的樣子。

突出來（stick）外面（out）▶▶▶ 突出來，伸出來

Your shirt is **sticking out**. 你的襯衫露出來了。

Would you **stick out** your tongue? 可以伸出你的舌頭嗎？

Don't **stick** your head **out** of the car. 不要把你的頭探出窗外。

03 釘在同一個地方的 **stick at**

stick at 的意思為「釘死（sitck）在某個地點（at）」，意味著「堅持做……」。Stick at it! 這句話是說「再辛苦也要堅持做下去！」，對於萌生辭意的同事、決定努力學英文的朋友，這句話應該有鼓勵的功效吧？

釘死（stick）在某地點（at）▶▶▶ 堅持做

Stick at it. 要堅持下去。

How long did you **stick at** your first job?
你的第一份工作做了多久呢？

04 豎起來的 **stick up**

🎧 20-4

stick up 的意思為「朝上（up）突起來或豎起來（stick）」，用來表示「突出、把手舉起來」，若跟 for 一起用，則表示「為了……而冒出頭來」，言下之意就是指「袒護（某一方），支持……」。此外，stick 也有貼上的意思，可用來表示把某物「貼在」較高的牆壁或公告欄上。

突出來，貼（stick）朝上（up）▶▶▶（頭）伸直，張貼，袒護（for）

My hair is **sticking up**. 我的頭髮翹起來了。

He always **sticks up** for me. 他總是支持著我。

They're **sticking up** the posters. 他們正在張貼海報。

05 互相黏在一起的 **stick together**

🎧 20-5

stick together 的意思為「黏（stick）在一起（together）、兩個人黏在一起」，既然兩個人黏在一起，則延伸有「行影不離」的意思，對於老是黏在一起的人，我們總會說 They always stick together as a threesome 這句話是說「他們像三劍客一樣行影不離」。

黏（stick）在一起（together）▶▶▶ 黏，團結，行影不離

I'm **sticking** the two papers **together**. 我把兩張紙黏在一起。

My mascara makes my eyelashes **stick together**.
睫毛膏讓我的眼睫毛黏成一團。

They **stick together** all the time. 他們總是行影不離。

06 貼到……的 **stick to**

🎧 20-6

stick to 的意思為「貼到（stick）到……（to）」，延伸為「忠於、信守計畫、決心、約定，不脫離……」等意思。

貼（stick）到……（to）▶▶▶ 貼在……，黏貼上，忠於

Stick it to the board. 把它貼到佈告欄上。

How do you get fish not to **stick to** the frying pan?
你是怎麼做才能讓魚不黏在平底鍋上的呢？

Let's **stick to** the original plan. 我們就照著原計畫進行吧。

07 跟……在一起的 **stick with**

stick with 的意思為「跟……緊緊黏（stick）在一起（with）」，可表示「跟某人緊緊黏在一起、一旦下定決心就不會任意改變、忠實到底」。就「不會改變堅持到底」的意思來看，stick at 跟 stick to 是非常類似的。

黏在一塊（stick）跟……（with）▸▸▸ 緊緊黏在一起，不做改變

Stick with your choices. 堅持你的選擇。

I told my kids to **stick with** me on the way to school.
我叫我的孩子們在上學的路上要緊跟著我。

01 家人應該要無時無刻團結在一起。

Family are supposed to stick＿＿＿＿＿ through thick and thin.

02 那首歌不斷在我的腦子裡旋繞著。

That song has stuck＿＿＿＿ me ever since I had heard of it.

03 我一定會對我的新年新希望堅持到底的。

I'm going to stick＿＿＿＿ my New Year's resolution this year.

04 你必須要貼上郵票。

You need to stick＿＿＿＿ a stamp.

05 當你去購物時，不要脫離你的購物清單。

When you go shopping, stick＿＿＿＿ your shopping list.

06 你要把照片貼在牆壁上嗎？

Will you stick the picture＿＿＿＿ on the wall?

07 我們必須要團結一致。

We've got to stick＿＿＿＿.

08 讓我們專注於當下面臨的問題上吧。

Let's stick＿＿＿＿ the issue at hand.

09 把你的手伸出來。

Stick＿＿＿＿ your hands.

10 我支持我朋友。

I stuck＿＿＿＿ for my friend.

11 請緊緊跟著我。

Stick＿＿＿＿ me, please.

12 你們兩個總是行影不離。

You two always stick＿＿＿＿.

13 我該介入還是離開呢？

Should I stick my nose＿＿＿＿ or leave it alone?

14

A：你要喝啤酒嗎？

Would you care for a beer?

B：不了，我今天是指定司機，我想喝水就好。

Nothing for me, thanks. I'm the designated driver. I'll stick＿＿＿＿ water.

表達　01 through thick and thin 在任何情況下　13 stick one's nose 干預，干涉　14 designated [ˋdɛzɪgˏnetɪd] driver 指定司機

解答　01 together 02 with 03 to 04 on 05 to 06 up 07 together 08 to 09 out 10 up 11 with 12 together 13 in 14. to

＊數字與本書的動詞句說明編碼是一致的。

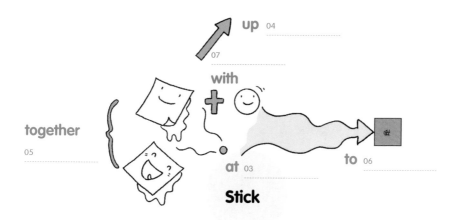

up 04 ....

07 ....

with

together

05 ....

at 03

Stick

to 06 ....

out 02 ....

01 ....

解答 01 刺入，放入，植入 02 突出來，伸出來 03 堅持做 04（頭）伸直，張貼，袒護（for）05 黏，團結，行影不離 06 貼在……，黏貼上，忠於 07 緊緊黏在一起，不做改變

Ⓐ 請寫出下列片語的意思

01 break up　.........................

02 break through　.........................

03 break in　.........................

04 break out　.........................

05 run over　.........................

06 run down　.........................

07 run away　.........................

08 run around　.........................

09 look into　.........................

10 look for　.........................

11 look back　.........................

12 look through　.........................

13 help with　.........................

14 help out　.........................

15 help on　.........................

16 help to　.........................

17 stick at　.........................

18 stick with　.........................

19 stick together　.........................

20 stick out　.........................

Ⓑ 請依照中文意思寫出片語。

01 崩潰（in tears），故障，分類　.........................

02 離開（from），切斷關係（form），脫離（from）　.........................

03 相撞，陷入（麻煩），偶然遇見　.........................

04 跑向……，（數量）達到……，連到……　.........................

05 當心，看外面　.........................

06 往下看，輕視（on）　.........................

07 載（車子），攙扶（進屋內），幫助（入睡）　.........................

08 扶起來，幫忙某人上去　.........................

09 （頭）伸直，張貼，袒護（for）　.........................

10 貼在……，黏貼上，忠於　.........................

C 看圖然後在空格內填入適當的單字。

01

He broke_____our conver-
sation.

他中斷了我們的談話。

02

He ran me_____the
road.

他把我擠出車道外。

03

I look_____to my
teacher.

我尊敬我的老師。

04

Help me_____the party.

請幫我準備派對。

05

Help yourself_____the
food.

請盡情享用餐點。

06

My mascara makes my
eyelashes stick_____.

睫毛膏讓我的眼睫毛結成一團。

D 參考中文語意，在空格內填入適當的字。

01 我的小孩長出了第一顆牙齒。   My baby's first tooth just broke_____.

02 我闖了紅燈。   I ran_____a red light.

03 警察正在調查那樁案件。   The police are looking_____the case.

04 我扶他下火車。   I helped him_____the train.

05 我們就照著原計畫進行吧。   Let's stick_____the original plan.

▶ 解答在 291 頁。

Part 3

必備動詞應用篇

連老美都大吃一驚的英語表達方式！

光用 eat 這個動詞就能表達出「上館子吃

飯、花錢、耗費時間、生病、困擾」，

你即將正式升格為英語達人囉！

Verb 21 pick, drop

挑撿的 pick，落下的 drop

挑撿的 pick

pick 的基本意思是「仔細的啄食或叩擊」還有「撿起來」。

剔，摳

剔除或摳掉身體某個特定部位、小鳥啄取食物、對於餐桌上的食物挑三撿四都可以用 pick 來形容。

Don't **pick** your teeth. 不要剔牙。
Stop **picking** your nose. 別再挖鼻孔了。
Don't **pick** at your food. 不要挑食。

找碴，批評

pick 也具有「對某人挑三撿四、做持續性的攻擊」的意味，用來表示「找麻煩、找碴、批評」。

Stop **picking** on your sister. 別再找你妹妹的麻煩了。

摘果實，摘花

像是摘採果實、把花摘下來、挑除也是用 pick 表達。

He **picked** some flowers for her.
他摘了一些花要給她。
I **picked** all the cherries off the cake.
我把蛋糕上的櫻桃全都挑下來了。

挑選，挑出

經過一番考量而挑選出來的，很容易聯想到「選擇，挑出」。

We finally **picked** a name for our baby.
我們終於挑好寶寶的名字了。
I'm gonna **pick** the winner. 我會選出優勝者。

落下的 drop

drop 主要用來形容突然落下，意思為「掉落、落下」。

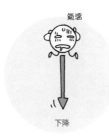

氣溫

下降

像是水滴到地面、溫度或數值等的下降、人倒下等等，全都可以用 drop 表達。

The water **drops** to the ground. 水滴到地面上了。
The temperature **dropped**. 溫度下降了。
I **dropped** back because I was tired. 我累得往後倒。

鬆手而落下

drop 除了可以用在形容眼睛可見的事物以外，還有其它包羅萬象的用法。drop the ball 這句話原本的意思為「讓球掉下來」，由此比喻為「失手」；信件從手中掉下來，則指「聯絡」；讓體重掉下來，可想而知是指「減肥」。

I guess I **dropped** the ball. 我想是我的疏失。
Drop me a line. 跟我聯絡。

停止做某事

「讓正在做的事情或說的話掉落」，從這樣的意思延伸為「停止」。Drop it 這句話是說「別再繼續了」，讓話題掉下來，就是指「別再說這個話題了」。此外，「人掉落到（某處）」，意即「順便去……」。

Let's **drop** the subject. 我們別再說這個話題了。
Please **drop** by sometimes. 有空順道過來吧。

pick up 的意思為「撿（pick）起來（up）」，把亂七八糟的東西撿起來，表示「收拾」；把新的物品撿起來，是指「買」；把人撿起來放到車子裡面，就是指「載」。

撿（pick）起來（up）▶▶▶ 收拾，買，載

Let's **pick up** your crayons and put them back in the box.
把你的蠟筆撿起來然後把它們放回盒子裡。

Pick up some milk on your way home. 你回家的路上要買牛奶。

He **picked** me **up** from work today. 今天下班時他載了我一程。

把外語撿起來，表示「學會、習得」；把速度、銷售撿起來，就是指「加速、增加銷售」。此外，病情「好轉」也可以用 pick up 來表達。

撿（pick）起來（up）▶▶▶ 學會，（銷售等）增加，（病情等）好轉

I need to **pick up** some Japanese. 我必須學點日文。

Sales **picked up** a bit today. 今天的業績稍微增加了一點。

His mood **picked up** a bit today. 今天他的心情有好轉一點了。

把電話筒撿起來表示「接電話」；把異性撿起來就是指「追求」；若是把頻道撿起來，意指「接收（頻道）」。

撿（pick）起來（up）▶▶▶ 接聽（電話），追求（異性），接收（頻道）

Pick up the phone. 去接電話。

He is trying to **pick up** a girl. 他正在追求一個女孩。

I can't **pick up** Channel 1. 第一台沒有訊號。

02 挑出來的 **pick out**

pick out 的意思為「撿起來（pick）放到外面（out）」，表示「挑選、辨認」。Will you help me pick out colors of the curtains in my room? 這句話是說「你可以幫我挑選窗簾的顏色嗎？」

撿起來（pick）放到外面（out）▶▶▶ 挑選，找出

I will help you **pick out** a ring. 我會幫你挑戒指。

Can you **pick** me **out** in this old photo?
你可以從這張老照片中認出我來嗎？

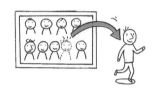

03 使掉落的 **drop off**

drop off 的意思為「掉下來（drop）分開（off）」，主要用來表示「東西、人從車子裡下來，把衣服拿去乾洗店」等等，I dropped off some clothes at the dry cleaner's 這句話是說「我把衣服送洗了」。另外，drop off 也可以形容「打盹、慢慢變不見」。

使掉下來（drop）分開（off）▶▶▶ 使下車，送洗，打盹

I **dropped** them **off**. 我讓他們下車。

I **dropped off** while watching TV. 我看電視看到一半睡著了。

04 掉出去的 **drop out**

drop out 的意思為「掉（drop）到外面去（out）」，用來形容「途中中斷活動或學校課業」，drop-out 是慣用語，表示「中途輟學」，是日常生活常用到的字。

掉（drop）到外面去（out）▶▶▶ 輟學，出局

I **dropped out** of school. 我中途輟學了。

He **dropped out** of the race. 他在比賽中出局了。

05 順道進去的 **drop in**

drop in 的意思為「掉到（drop）裡面（in）」，經常被用來表示「順道進去」，有時候也會用 drop by 來表達，drop in / by anytime 這句是說「有時間就過來」。

掉到（drop）裡面（in）▶▶▶ 掉進去，順道拜訪

I **dropped** my pen **in** the bin. 我把筆丟進垃圾桶裡。

Drop in when you can. 有時間就順便過來拜訪。

06 表示外送的 **drop around**

drop around 字面上的意思為「掉到（drop）四周（around）」，表示「順道過來附近」，因為是讓東西落在四周，所以延伸有「外送」的意思。

掉到（drop）四周（around）▶▶▶ 掉到四周，順道過來附近，發送（印刷品等）

I **dropped** the papers **around**. 我在開會前把報告發送了出去。

We **dropped around** to collect my stuff before the meeting.
在開會之前，我們順便過去拿我的東西。

01 歡迎隨時來我的辦公室。 ＿＿＿＿＿＿ to my office anytime.

02 我兒子玩完以後我必須去收拾。 I have to ＿＿＿＿＿ after my son has finished playing.

03 我媽媽昨晚順道過來拜訪了。 My mother ＿＿＿＿＿ yesterday.

04 我把地毯上的油漆痕跡去掉了。 I ＿＿＿＿ the paint ＿＿＿＿ the carpet.

05 我在去上班的路上順便讓我兒子下車。 I ＿＿＿＿ my kids ＿＿＿＿ at school on my way to work.

06 我一年就習得了法語。 I ＿＿＿＿ French in a year.

07 把你的襯衫撿起來。 ＿＿＿＿＿ your shirt.

08 我為了工作賺錢而中途輟學。 I ＿＿＿＿ of college to work full time and make money.

09 我挑了一些衣服要給我的兒子。 I ＿＿＿＿ some clothes for my son.

10 我今天順道回我的爸媽家。 I ＿＿＿＿ at my parents' house today.

11 你幾點要來接我？ What time are you going to ＿＿＿＿ me ＿＿＿＿?

12 我上課的時候打瞌睡。 I ＿＿＿＿ in class.

13 我把送洗的衣服拿回來了。 I ＿＿＿＿ the laundry.

14 他不斷暗示他喜歡我。 He keeps ＿＿＿＿ hints ＿＿＿＿ that he likes me.

15

A：你要去搭公車嗎？	Are you going to take a bus?
B：沒有，我媽會來載我。	No. My mom will ＿＿＿＿ to ＿＿＿＿ me ＿＿＿＿.

表達　02 pick ＿＿ after 收拾……的殘局

解答　01 Drop in 02 pick up 03 dropped by 04 picked, off 05 dropped, off 06 picked up 07 Pick up 08 dropped out
09 picked out 10 dropped in 11 pick, up 12 dropped off 13 picked up 14 dropping, around 15 drop by, pick, up

* 數字與本書的動詞句說明編碼是一致的。

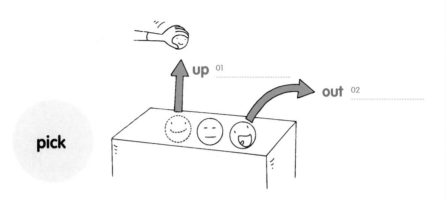

pick

up ⁰¹ ....

out ⁰² ....

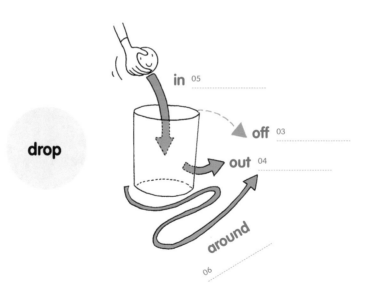

drop

in ⁰⁵ ....

off ⁰³ ....

out ⁰⁴ ....

around ⁰⁶ ....

解答　01 收拾，買，載 ，學會，（銷售等）增加，（病情等）好轉，接聽（電話），追求（異性），接收（頻道）02 挑選，找出
03 使下車，送洗，打盹 04 輟學，出局 05 掉進去，順道拜訪 06 掉到四周，順道過來附近，發送（印刷品等）

Verb 22 snow,blow

出示的 show，吹走的 blow

展示的 show

show 的基本意思為「顯現、出示」。

出示

向對方出示路怎麼走是「帶路」；展示物件、公演給別人看則為「展示、公演」；給別人看怎麼使用，則為「告訴對方」。

Show me your passport, please. 請出示你的護照。
Will you **show** me the way? 可以請你帶路嗎？
Can you **show** me how it works?
可以告訴我這個該怎麼操作嗎？

指引

尤其從「向客人展示裡面」的意思中，延伸出「迎接客人」的意思；「讓客人看外面」則延伸為「送客」；展示四周環境給客人看即為「指引、介紹」的意思。

He **showed** me in. 他來迎接我。
He **showed** me out. 他送我離開。
I'll **show** you around. 我帶你四處逛逛。

露出本性或個性

讓對方看到自己的本性或個性，表示「露出本性或個性」。

He **showed** his true colors. 他露出本性了。

吹走的 blow

blow 的基本意思為「吹、被風吹走、噴出來」。

風吹

形容風吹、擤鼻涕、抽煙時把煙吐出來、吹泡泡、對著酒精偵測器吹氣等等，都可以用 blow 表達。

The house was **blown** down by the storm.
房子被暴風雨給吹倒了。

I **blew** my nose. 我擤了鼻涕。

I like to **blow** bubbles. 我喜歡吹泡泡。

The breath analyzer read 0.1 when I **blew** into it.
我對著酒精偵測器吹氣，酒測值是 0.1。

機會或工作搞砸

從吹走的意境裡，延伸出「機會、工作飛走了、搞砸」的意思，而「偽裝（的事情）飛走了」意味著「偽裝（的這件事情）被揭穿」或「事蹟敗露」。

I **blew** it. 我搞砸了。

I **blew** million dollar deal to get out here for our relationship.
我為了我們之間的感情，損失了十萬美元的交易。

Your've **blown** your cover. 你的事跡已經敗露了。

01 秀給人看的 **show up**

🎧 22-1

show up 的意思為「秀（show）到上面（up）」，意即「顯眼、顯露出來」；此外，較常用的用法還有「出現在約定的場所、以奇怪的行動讓人難堪」等等。

秀（show）到上面（up）▶▶▶ 顯露出來，出現（於約定的場所），使人難堪

He didn't **show up**. 他並沒有出現。

The spot **showed up** on the photograph. 那個點在照片上很顯眼。

She **showed** me **up** when she arrived drunk at my wedding.
當她喝醉酒出現在我的結婚典禮上時，讓我很難堪。

02 很耀眼的 **show off**

🎧 22-2

show off 字面上的意思為「秀出來（show）分開（off）」，如果是讓自己的東西非常顯眼，是指「誇耀、自豪、賣弄」。She showed off her diamond ring 這句話是「她在炫耀自己的戒指」的意思。

秀出來（show）分離而分開（off）▶▶▶ 誇耀，炫耀，使顯眼

He's **showing off** his muscles to impress the girls.
他正在向女孩們展示炫耀自己的肌肉。

The lipstick really **shows off** your lips. 這個口紅凸顯了你的嘴唇。

03 透視的 **show through**

🎧 22-3

show through 的意思為「透過……（through）看見（show）」，表示可「透視」後面或下面的東西，也可以用來當內在情感、氣質的「顯露」。

看見（show）透過（through）▶▶▶ 照射，顯露

Your bra is **showing through**. 你的內衣露出來了。

His anger **showed through**. 他的憤怒顯而易見。

04 吹走的 **blow away**

blow away 的意思為「吹（blow）走（away）」，若用來比喻把人吹的遠遠地，即為「使某人大吃一驚、給某人深刻的印象」。

吹（blow）遠遠的（away）▶▶▶ 被風吹走，刮走，使震驚

My hat **blew away**. 我的帽子被風吹走了。

I **blew away** a mosquito off my arm. 我把停在我手臂上的蚊子吹走了。

He **blew** me **away** with his song. 他的歌令我驚嘆。

05 吹出去的 **blow out**

blow out 的意思為「吹（blow）出去（out）」，言下之意就是把某物給吹出去，也就是「吹到變不見、熄掉」，因為是往外吹，所以也可以用來表示「爆炸」。此外，人離開原來的場所也可以用 blow out 表示。

吹（blow）出去（out）▶▶▶ 吹熄（蠟燭），爆胎，離開

He **blew out** the candle. 他吹熄了蠟燭。

A tire **blows out**. 有一個輪胎爆胎了。

I'm going to **blow out** of here now. 我現在必須要離開了。

06 吹過去的 **blow over**

blow over 的意思為「吹（blow）上去（over），也就是吹過去」，可以想成風把紙吹上天的情景，若「把消息吹過去」，意即「使消息沈澱下來、忘卻」，也可以用來表示「某件事情沒有節外生枝，順利進行」，若是醜聞或誹聞則是「被淡忘」。

吹（blow）過去（over）▶▶▶ 吹上去，（暴風雨、消息等）平息下來

The papers **blew over**. 紙被風吹走了。

The storm will **blow over** soon. 暴風雨很快就會平息了。

The scandal will **blow over** quickly. 這個醜聞很快就會平息的。

07 吹上去的 **blow up**

22-7

blow up 的意思為「吹（blow）上去（up）」，因為是往上吹，所以具有「急速的 up 起來」的意味，言下之意就是指「擴大、加大」，若「強度 up」表示「強度變大」。此外，也被用來表達「炸彈的爆炸或爆裂」。若人被 blow up，表示「他生氣了」。

吹（blow）上去（up）▶▶▶ 飛上去，誇大，變大，（炸彈等）爆炸，對某人生氣（at）

The wind **blew up** my tie. 風把我的領帶往上吹。

A fearful storm **blew up**. 這個可怕的暴風雨增強了。

I **blew up** at my husband and now he's not talking to me.
我對我丈夫生氣，結果他現在不跟我說話了。

Blow up the balloon. 把氣球吹起來。

The bomb **blew up**. 炸彈爆炸了。

Whenever we have a disagreement, it **blows up** into a big fight.
我們之間的歧見總是會擴大成嚴重的爭吵。

08 吹掉的 **blow off**

22-8

blow off 的意思為「吹（blow）掉（off）」，若把東西吹掉，表示「……飛走了」；把怒氣（steam）吹掉，表示「消氣」，意即「把怒火降下來」；若是既定的聚會、約定吹掉，則是「放鴿子」；把人所說的話、行為吹掉，意即「輕視」。

吹（blow）掉（off）▶▶▶ 吹掉，消氣（steam），放鴿子，輕視

My hat was **blown off**. 我的帽子被風吹掉了。

The storm **blew** the roof **off**. 暴風雨把屋頂吹走了。

I need to **blow off** some steam. 我得消消氣了。

He **blew off** the meeting. 他沒有參加會議。

He **blew** me **off** at the last minute. 他在最後一刻放我鴿子。

They **blew off** what I said. 他們無視於我說的話。

01 你今天竟然特地來這裡跟我見面，
　　我真的好感動。

I'm totally＿＿＿＿＿＿that you came to
see me today.

02 她沒有參加會議。

She didn't＿＿＿＿＿＿at the meeting.

03 他威脅說要讓建築物爆炸。

He threatened to＿＿＿the building＿＿＿.

04 光線穿透了窗簾。

The light is＿＿＿＿＿＿the curtain.

05 他吐了煙圈。

He was＿＿＿＿＿＿cigarette smoke.

06 我送你出去。

I'll＿＿＿you＿＿＿.

07 他放我鴿子。

He＿＿＿me＿＿＿.

08 這個刺青在她的蒼白皮膚上很顯眼。

The tattoo＿＿＿on her pale skins.

09 如果都沒有人出現怎麼辦？

What if nobody＿＿＿?

10 我打算展現我的舞藝。

I'm going to＿＿＿my dancing skills.

11 請他進來。

＿＿＿him＿＿＿, please.

12 忘卻這件插曲吧。

Let the episode＿＿＿.

13 他向我介紹這座城市。

He＿＿＿me＿＿＿the city.

14 燈泡爆炸了。

The lightbulb＿＿＿.

15

| A：我打算見一名在網路上
認識的男子，不過他並沒有
出現，我傳了很多封簡訊給他，
卻也沒有回我。 | I was supposed to meet a guy I chatted with online, but he didn't＿＿＿. I sent him dozens of messages but got no response. |
| B：我覺得他放你鴿子了。 | I think he＿＿＿you＿＿＿. |

解答 12 episode [ˋɛpə.sod] *n.* 事件，插曲

解答 01 blown away 02 show up 03 blow, up 04 showing through 05 blowing out 06 show, out 07 blew, off 08 showed up
09 shows up 10 show off 11 Show, in 12 blow over 13 showed, around 14 blew up 15 show up, blew, off

＊數字與本書的動詞句說明編碼是一致的。

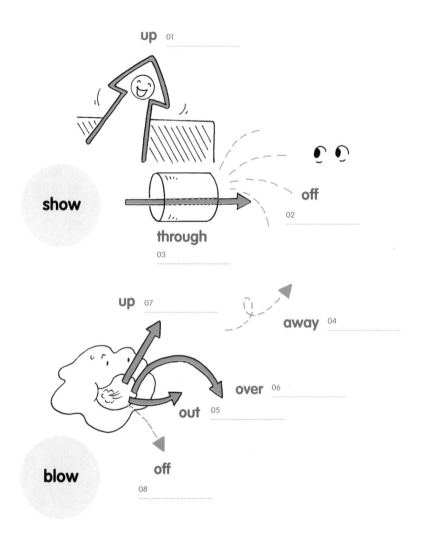

up 01 ....

show

off 02 ....

through 03 ....

up 07 ....

away 04 ....

over 06 ....

out 05 ....

blow

off 08 ....

解答 01 顯露出來，出現（於約定的場所），使人難堪 02 誇耀，炫耀，使顯眼 03 照射，顯露 04 被風吹走，刮走，使震驚 05 吹熄（蠟燭），爆胎，離開 06 吹上去，（暴風雨、消息等）平息下來 07 飛上去，誇大，變大，（炸彈等）爆炸，對某人生氣（at）08 吹掉，消氣（steam），放鴿子，輕視

grow,cut
逐漸長大的 grow，切斷的 cut

逐漸長大的 grow

長大

grow 的意思為「逐漸長大」，意即「成長、長大」。

Sam is really **growing** up, isn't he?

山姆長大好多，不是嗎？

Your hair will **grow** out soon.

你的頭髮很快就會長出來的。

栽培

「栽培」農作物也是 grow。

She **grows** flowers. 她種花。

They **grow** apples. 他們種了蘋果樹。

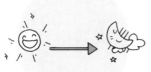

逐漸變成……的狀態

長大並不是一天就能長成的，需要經過漫長的時間，一點一滴地起變化，故 grow 也具有「逐漸變成某種狀態」的意味。

It **grew** dark. 天色逐漸變暗了。

I **grew** to like her. 我漸漸地喜歡上她了。

They **grew** apart. 他們漸行漸遠。

切斷的 cut

切斷，割到

cut 的基本意思為「切、割、剪」，把具體可見的東西如手指頭或線弄斷就是「切、割」。

I **cut** my finger. 我割到手了。
I **cut** the string. 我把線切斷了。

切斷流向

cut 除了可以切斷眼睛可見的東西，也可以指切斷正在進行等肉眼看不到的事情，表示「中斷、插入、中斷聯絡、斷絕關係、斷絕供給」的意思。

Don't **cut** in line. 不要插隊。
I **cut** ties with my family. 我斷絕跟家人的關係。
The water supply will be **cut** off.
水源的供給將會被切斷。

減少，削減

從 cut 的「切斷」的意思延伸出「減價、減少消費、削減預算」等意思。

They **cut** down the prices. 他們把價格往下降。
I need to **cut** down on sugar. 我必須減少糖份的攝取。
We need to **cut** back on our budget.
我們必須削減預算。

01　長大起變化的 **grow into**

grow into 的意思為「長大為……的狀態（grow）後進入（into）」，意即「長大後變成……」，例如「長成大人」，或者讓衣服「合身、適應」變化或是角色。

長大（grow）變成……（into）▶▶▶ 長成……，成為……，長大後衣服變合身

My daughter has **grown into** a beautiful lady.
我的女兒長成一位美麗的淑女。

It has **grown into** a big problem.　這已經變成了大問題。

She'll **grow into** this sweater.　等她長大，毛衣就會合身的。

02　往外面長的 **grow out**

grow out 的意思是「長（grow）到外面（out）」，像鬍子、頭髮是長到皮膚外面的，所以可以用 grow out 形容，是 grow in 的反義詞，也具有「長大後變的更不……、長大後衣服變的不合身」。

長（grow）到外面（out）▶▶▶ 長（鬍子等等），長大後變得不……（of），長大後變得不合身（of）

He let his beard **grow out**.　他放任自己的鬍子生長。

My son has **grown out** of his toys.　我的兒子長大了，再也不需要玩具了。

She's **grown out** of her sweater.　她長大了，所以毛衣不合身了。

03　逐漸被吸引的 **grow on**

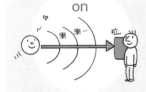

grow on 的意思為「逐漸的（grown）被吸引到……上去（on）」，表示「一開始並不是很喜歡，漸漸變得越來越喜歡」。

漸漸（grow）吸引到……去（on）▶▶▶ 漸漸被……給吸引，漸漸變得喜歡……

He has **grown on** me.　我漸漸被他吸引。

Your cologne is **growing on** me.　我漸漸喜歡上你的香水味。
cologne：古龍水（香水的一種）

04 剪進去的 **cut in**

cut in 的意思為「剪開（cut）進去（in）」，把隊伍剪開跑進去就表示「插隊」；把車道剪開開進去就表示「超車」；把對話剪開插進去，就表示「插嘴、干預」。

剪開（cut）進去（in）▶▶▶ 插隊，插嘴，超車

He **cut in** line. 他插隊。

She **cut in** on our conversation. 她介入了我們的談話。

A car suddenly **cut in**. 車子突然插了進來。

05 剪下來的 **cut out**

cut out 的意思為「剪下來（cut）拿出去（out）」，意即「剪下來、除掉」；此外，尚有「依照……剪裁」的意味，延伸為「有做……的資質」。

剪下來（cut）拿出去（out）▶▶▶ 從……刪掉（of），有成為……的資質（to be）

I **cut** him **out** of my life. 我把他從我的人生永遠剔除了。

I **cut** bread and sugar **out** of my diet. 我把麵包跟糖從飲食裡拿掉。

I'm not **cut out** to be a supermom. 我沒有成為超級好媽媽的資質。

06 完全剪斷的 **cut up**

cut up 的意思為「完全（up）剪斷（cut）」，延伸為「切成好幾塊、分割」的意思。

切（cut）完全地（up）▶▶▶ 切斷，切碎

I **cut up** all my credit cards. 我把我的信用卡全部剪掉了。

I **cut up** some chicken to feed my toddler.
我切碎雞肉（成小口）來餵食我的寶寶。

07 剪短的 **cut down**

cut down 的意思為「剪（cut）下（down）或是剪完後長度變短」；若把價格剪短，意即「降價」；把消費、攝取量剪短，則延伸為「減少」的意思。

剪（cut）下（down）▶▶▶ 砍倒，降價，減少（消費）（on）

He **cut down** the tree. 他把樹木砍倒了。

Cut down the price. 把價格降下來。

Cut down on your shopping. 減少購物吧。

08 削短的 **cut back**

cut back 的意思為「剪完（cut）變回原來的水準（back）、削短」，用來表示「削短費用或人力、為了健康而減少飲食的攝取」；有一點要特別注意，表達「減少消費或攝取」時，cut back on 與 cut down on 是沒有差異的。

剪（cut）回來（back）▶▶▶ 減少（工作或對健康不良的食物等等）

I've **cut back** on fatty foods. 我減少吃油膩的食物。

If your schedule is too stressful, **cut** it **back** a little. 如果你的行程太緊湊了，就減少一些吧。

09 切下來丟得遠遠地 **cut away**

cut away 的意思為「剪、切（cut）下來後，丟得遠遠的（away）」，主要用來表示將肥肉、雜草、照片邊緣等「沒有用的部位切掉」。

切（cut）遠遠地（away）▶▶▶ 切掉

When I eat pork, I **cut away** all the fat.
我吃豬肉的時候，都會把肥肉切掉。

I **cut away** unwanted grass. 我把雜草都割掉了。

I **cut away** the edges of a photo. 我把照片邊緣切掉了。

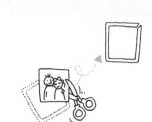

10 剪下來的 **cut off**

23-10 cut off.mp3

cut off 的意思為「剪（cut）下來（off）、切斷」，通常用來表示「切斷電源或金錢等的供給、使對話中斷」，因為是剪下來或切下來，所以也具有「遮住、使孤立」的意味。

剪（cut）下來，斷（off）▶▶▶ 剪斷，切斷經濟上的援助，使孤立

She **cut off** a quarter of the cake. 她把蛋糕切成四等份。

I'm **cutting** you **off** for good. 我將會永遠斷絕對你的經濟援助。

He was **cut off** from the world. 他被這個世界孤立了。

01 他長大後脫離父母。　　　He＿＿＿＿＿away from his parents.

02 她跟雙親切斷了關係。　　　She＿＿＿＿＿her parents.

03 孩子們都長大了。　　　All of my kids have＿＿＿＿＿.

04 切點蕃茄跟洋蔥來做漢堡。　　　＿＿＿＿＿some tomatoes and onions for the burgers.

05 我的學校制服有點大，但媽媽説很快就會合身了。　　　My school uniform is a bit big, but my mom said that I will＿＿＿＿＿it.

06 我覺得自己在派對上被孤立。　　　I felt＿＿＿＿＿of the party.

07 他長大了，所以襯衫不合身了。　　　He has＿＿＿＿＿of the shirt.

08 我想要減少工作的時間。　　　I want to＿＿＿＿＿on my hours at work.

09 我修剪了樹枝。　　　I＿＿＿＿＿the branches that were bunched up.

10 懂事一點！別像個孩子。　　　＿＿＿＿＿! You act like a child.

11 因為我沒有繳費，所以瓦斯被切斷了。　　　I didn't pay the bill so they＿＿＿＿＿the gas.

12 我放任染髮的部位變長。　　　I'm letting my colored hair＿＿＿＿＿.

13 我把褲子改成短褲。　　　I＿＿＿＿＿my pants into the shorts.

14 他把我從遺囑中刪掉了。　　　He＿＿＿＿＿me＿＿＿＿＿of his will.

15

A：我們的生活雜費一個星期約是二十萬韓圜，該怎麼做才能減少這筆費用的支出呢？　　　Our groceries have been running around 200,000 won a week. How can we＿＿＿＿＿on our grocery bills?

B：我們直接栽種自己的食物怎麼樣？　　　How about growing our own food?

表達 09 bunch up 聚成一團，聚在一起 14 will [wɪl] n. 遺囑

解答 01 grew up 02 cut off 03 grown up 04 Cut up 05 grow into 06 cut out 07 grown out 08 cut back 09 cut away 10 Grow up 11 cut off 12 grow out 13 cut down 14 cut, out 15 cut down / back

＊數字與本書的動詞句說明編碼是一致的。

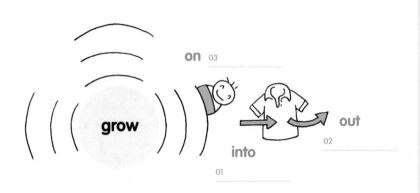

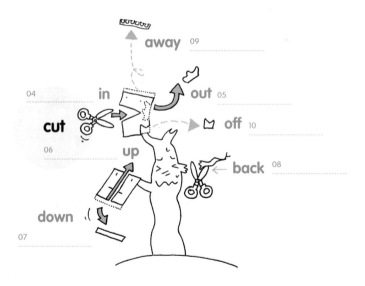

解答 01 長成……，成為……，長大後衣服變合身 02 長（鬍子等），長大後變得不……（of），長大後變得不合身（of）03 漸漸被……給吸引，漸漸變得喜歡…… 04 插隊，插嘴，超車 05 從……刪掉（of），有成為……的資質（to be）06 切斷，切碎 07 砍倒，降價，減少（消費）（on）08 減少（工作或對健康不良的食物等等）09 切掉 10 剪斷，切斷經濟上的援助，使孤立

舉起來扛著的 carry，經過的 pass

舉起來扛著的 carry

carry 的基本解釋為「扛著（某物）移動」，從具體的事物到抽象的概念通通可以扛在身上走。

背著

把小孩扛在身上是指「懷孕中」；把責任、負擔扛在身上是指「承受責任、工作、負擔等等」；因為是扛在身上移動，所以也有「運送、搬運」的意思。

She's **carrying** a baby. 她懷孕了。

He is **carrying** a heavy burden on his shoulders. 他把沉重的負擔攬在肩上。

Let me **carry** your bags for you. 讓我幫你背包包。

Will you **carry** the groceries?

你可以幫忙把雜物提進來嗎？

車子的乘載

除了人以外，像是手扶梯、公車載人也可以用 carry 表示。

The bus **carries** 45 passengers.

這台公車可以乘載四十五名乘客。

This lift cannot **carry** more than 12 people.

這個電梯最多只能載十二個人。

販賣

「商店攜帶的物品」意即「商店正販賣的貨品」，如果是人、事物「攜帶了某種性質」，意味著「擁有某種特質」。

I'm afraid we don't **carry** that brand.

我們並沒有販賣該品牌。

Her words **carry** a sting. 她的話中帶刺。

經過的 pass

經過

pass 的基本意思為人、事物、狀況等等的「經過」。

Help me **pass** through this crowd.
協助我穿過這些群眾。

I **passed** by her without saying a word.
我不發一語從她身邊經過。

傳過來

「東西從那邊經過這邊」，意即「遞過來、傳過來」；若是財物則是指「轉移、傳承」。

Pass me the salt, please. 請把鹽傳過來給我。

She **passed** the ball to me. 她把球傳給我。

After his death, everything he owns will **pass** to her nephew. 他死後，所有的財產都會轉移給她的外甥。

通過

因為是安全無事的經過，所以也具有「通過」的意思，如果是通過很遠的地方，則代表「消失、死亡」。

The bill was **passed** by Congress.
法案在會議中通過了。

He **passed** the bar exam. 他通過律師考試了。

My grandmother **passed** away. 我的奶奶去世了。

「沒有做某事就直接經過」，言下之意就是指「跳過、放棄」。

I think I'll **pass** on dessert. 我想我就不吃點心了。

01 搬去很遠地方的 **carry away**

carry away 字面上的意思為「搬去（carry）很遠的地方（away）、搬運」，主要用於被動式 get / be carried away，表示「帶去的地方過遠，以致於超過正常的範圍」，言下之意就是指「因為太過興奮或沉迷，而失去自制力、做得太過份、行動太過火」。

搬去（carry）遠處（away）▶▶▶ 帶去很遠的地方，（被動式）沉迷，失去自制力，做得太過份

I was **carried away** in his arms. 我被他架走。

I got **carried away** with the painting. 我太沉迷於畫畫了。

02 執行的 **carry out**

carry out 的意思為「搬（carry）出去（out）」，用來表示「執行」，或者「完成課業」；若把約定 carry out，意即「遵守」，把命令 carry out 即為「執行」。

搬（carry）到外面，到結束（out）▶▶▶ 執行，履行

Please, **carry out** the instructions. 請執行指令。

He could **carry out** his threat. 他有可能將威脅付諸實現。

Carry out your promise. 遵守約定。

03 傳遞的 **carry over**

carry over 的意思為「跨越過……（over）搬（carry）、進行」，被用來表示「事情的接續、繼續」；「把金額轉到下個月」即為「結轉」。

搬（carry）越過（over）▶▶▶ 傳遞上去，繼續下去（直到其它狀況），結轉

My dad **carried** me **over** the puddle. 爸爸把我抱過水窪。

The meeting **carried over** into lunch time. 會議一直持續到午餐時間。

Can I **carry** this year's losses **over** to next year?
我可以把今年虧損的部分結轉到明年去嗎？

04 隨身攜帶的 **carry on**

🎧 24-4

carry on 的意思為「搬（carry）在身上（on）」，意即「持續……」，也可以用來表示「延續傳統」。

搬（carry）著（on）▶▶▶ 繼續做（進行中的事情）（with），延續（傳統）

They **carried on** with their fighting until this morning.
他們一直吵到今天早上。

I need a son to **carry on** the family name.
我需要一個兒子來延續香火。

05 奪去的 **carry off**

🎧 24-5

carry off 的意思為「搬（carry）離開（off）」，意即「奪去……、搶走」，我們也會說病痛奪走了生命；若是奪走獎項、奪走困難的事情，則表示「獲獎、漂亮地處理好難事」。

搬（carry）離開（off）▶▶▶（病痛）奪走（生命），獲得（獎項），解決（難題），適合

She was **carried off** by cancer.　癌症奪走了她的生命。
He **carried off** first prize.　他得到了頭獎。
You can't **carry off** that dress.　你不能帶走那件衣服。

06 帶來帶去的 **carry around**

🎧 24-6

carry around 的意思為「帶（carry）過來又帶過去（around）」，意即「隨身攜帶、帶在身邊」。

帶（carry）過來又帶過去（around）▶▶▶ 隨身攜帶，抱著

I carry my baby's picture **around** everywhere.　我隨身攜帶小孩的照片。

My arms are killing me from **carrying** my baby **around**.
抱著小孩走動使我的手臂痠得要命。

07 經過的 **pass by**

pass by 的意思為「經過（pass）……的旁邊（by）」，除了人可以經過，時間、機會等等也可以從身邊經過，I passed her by without saying a word 這句話是説「我不發一語從她身邊經過」。

經過（pass）旁邊（by）▶▶▶（時間、機會）經過，錯過

How do I make time **pass by** fast in school?
要怎麼做才能讓我在學校過的快一點？

The chance for a promotion **passed** me **by**. 我錯過了升遷的機會。

08 分發出去的 **pass out**

pass out 的意思為「傳（pass）出去（out）」，若把意識傳出去，表示「昏倒或不醒人事」。

傳（pass）出去（out）▶▶▶ 喪失意識，分發（物品）

He got drunk and **passed out**. 他喝酒喝到不醒人事。

She was **passing out** invitations to her birthday party.
她在發送生日派對的邀請函。

09 通到……的 **pass for**

pass for 的意思為「通（pass）到（to）……」，意即「（即使是假的）也行得通、被接受」，你可以對著娃娃臉的人説：You could pass for twenty（就算説你是二十幾歲也行的通）。

通（pass）到……（for）▶▶▶ 通到……，被認為是……

I couldn't **pass for** an 18-year-old. 説我十八歲是行不通的。

She could **pass for** an American. 她有可能會被當成是美國人。

This painting **passed for** the real thing. 這幅畫被當成是真品。

10 放棄的 **pass up**

pass up 的意思為「全部傳（pass）上去（up）」，表示「放棄機會、拒絕、錯過」，That's too good a chance to pass up 這句話是「那正是拒絕的絕佳機會」的意思。

傳（pass）上去（up）▶▶▶ 錯過（機會等），拒絕，放棄

I wouldn't **pass up** this job. 我不會放棄這個工作的。

She **passed up** the opportunity to be a model. 她放棄當模特兒的機會。

11 傳達的 **pass on**

pass on 的意思為「傳過去（pass）接觸到（on）……」，意即「傳達……」，常見的用法還有「跳過……」，例如 I'll pass on dinner tonight。I don't feel well 這句話是說「今天我身體狀況不太好，所以想跳過晚餐不吃」。

傳（pass）接觸到（on）▶▶▶ 傳達，傳過去，跳過

Pass it **on**. 把這傳過去。

He **passed** his property **on** to his son. 他把財產傳給他兒子。

12 通過的 **pass off**

pass off 的意思為「通過（pass）離開（off）」，表示「活動很順利地結束」，常見的用法還有「因為假裝成……而通過」，言下之意就是指「充當……」。

通過（pass）離開（off）▶▶▶ 順利結束，被誤認為是……（as），充當（as）……

The party **passed off** without a problem. 派對順利地結束了。

They **passed off** the fake jewelry as real gems.
他們用假的寶石充當真品。

He **passed** her **off** as his sister. 他冒充他的妹妹。

01 把單子發送給大家。　　　　_____ these papers _____ to everyone.

02 我把這個搬到他家。　　　　I _____ it _____ to his house.

03 我不敢相信她竟然錯過可以到國外唸書的機會。　　　　I can't believe she _____ the opportunity to study abroad.

04 把你剛剛説的繼續説下去。　　　　_____ with what you were talking about.

05 我經過的時候看到車禍。　　　　I was _____ and saw an accident.

06 會議持續開到早上。　　　　The meeting _____ into the morning.

07 我昨天太醉了，到今天早上都還沒有意識。　　　　I got so drunk yesterday that I _____ until this morning.

08 請執行任務。　　　　Please, _____ the task.

09 她試著要讓仿冒品看起來像正品。　　　　She was trying to _____ a designer knock-off as the real thing.

10 請轉達訊息。　　　　_____ the message.

11 我的奶奶在八十歲的時候去世。　　　　My grandmother _____ at the age of 80.

12 我一整天都抱著小孩。　　　　I _____ my baby _____ all day.

13 我朋友被救護車載走了。　　　　My friend was _____ to an ambulance.

14

A：我年紀大，不太適合這種打扮趨勢。　　　　I'm too old to _____ this trendy look.

B：才怪！就算你説你是二十幾歲也行的得通。　　　　Absolutely not! You could _____ twenty.

表達 09 knock-off [`nɑk`ɔf] n. 仿冒品 14 trendy [`trɛndɪ] n. 最新流行

解答 01 Pass, out 02 carried, over 03 passed up 04 Carry on 05 passing by 06 carried over 07 passed out 08 carry out 09 pass off 10 Pass on 11 passed away 12 carried, around 13 carried away 14 carry off, pass for

＊數字與本書的動詞句說明編碼是一致的。

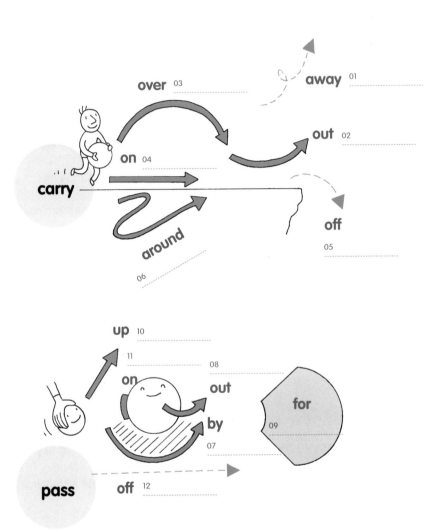

解答 01 帶去很遠的地方，（被動式）沈迷，失去自制力，做得太過份 02 執行，履行 03 傳遞上去，繼續下去（直到其它狀況），結轉 04 繼續做（進行中的事情）（with），延續（傳統）05（病痛）奪走（生命），獲得（獎項），解決（難題），適合 06 隨身攜帶，抱著 07（時間、機會）經過，錯過 08 喪失意識，分發 09 通到……，被認為是…… 10 錯過（機會等），拒絕，放棄 11 傳達，傳過去，跳過 12 順利結束，被誤認為是……（as），充當（as）……

掛起來的 hang，站起來的 stand

掛起來的 hang

hang 的基本意思為「吊掛、懸掛」。

掛，吊

像是把衣服、匾額「吊起來、掛起來」，若是「把人的脖子吊起來」即表示「吊死、處以絞刑」，

Hang your clothes to dry. 把你的衣服掛起來晾乾。
Where can I **hang** my coat? 我的外套要掛在哪裡呢？
He **hanged** himself. 他上吊了。
He was **hanged** for murder. 他以殺人罪被處以絞刑。

忍耐，支撐

因為是被吊著，所以延伸出「忍耐、支撐」的意思。

Hang in there. I know exactly what you're going through. 撐著，我很清楚你現在所遇到的事情。

吊著

此外，hang 也經常被用來形容東西懸掛起來或吊著的樣子，像肚子上的肥肉垂掛在褲腰上、小狗耳朵下垂的樣子、掛在牆壁上的畫、掛在天空上的彩虹或白雲，這些狀態都可以視為是懸掛著的，所以都能用 hang 表達。

My belly is **hanging** over my pants.
我肚子上的肥肉垂掛在褲頭上。
Her hair **hangs** down to her waist.
她的頭髮直達腰際。
The picture is **hanging** on the wall. 畫掛在牆壁上。
The clouds **hung** over the top of the mountain.
白雲懸掛在山頂上。

站起來的 stand

站

stand 的意思為「站立、豎放」。

Stand in the back of the class. 去站在教室後面。
She is **standing** in front of me. 她站在我前面。
I **stood** the lamp against the wall.

我把燈立起來靠著牆壁。

處於……的狀態

此外，stand 也可以用來表示「在……的狀態、在……的狀況下或位置上」；「站在某個單位或數值上」意味著「單位或刻度是為……」。

Stand still. 站著別動。
Stand on the right side of the law. 請站在法律這邊。
I **stand** second in my class. 我在班上是第二名。
She **stands** five feet five inches tall.

她的身高是五呎五吋。

The thermometer **stands** at 35 degrees Celsius.

溫度計顯示三十五度。

忍受，忍耐

想像一直站著不動的情景，從這樣的意境延伸出有「忍受、忍耐」的意思，主要用在否定句或疑問句上。

I can't **stand** that smell. 我受不了那個味道。
I can't **stand** the heat this summer.

今年夏天熱到我受不了。

I can't **stand** it anymore. 我再也無法忍受了。

01 掛電話的 **hang up**

hang up 的意思為「掛（hang）在上面（up）」，把電話筒掛在電話機上面即為「掛電話」；若接「on」，後面出現的是「通話的對象」，解釋為「掛某人的電話」。

掛（hang）在上面（up）▶▶▶ 掛，掛電話，掛某人電話（on）

Please **hang up** your coat. 請把外套掛起來。

Hang up the phone. 把電話掛掉。

Don't **hang up** on me. 不要掛我電話。

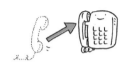

02 無所事事的 **hang out**

hang out 的意思為「掛（hang）在外面（out）」，意指「一直閒耗在（某處）」，被用來形容「跟某人混在一起、無所事事」。「把換洗衣物掛在外面」也就是指把洗過的衣服晾在外面，也是用 hang out 表示。

掛，掛著（hang）在外面（out）▶▶▶ 晾（洗過的衣服），跟……混在一起（with）

My parents won't let me **hang out** with guys.
我爸媽不准我跟男孩子們一起鬼混。

Let's **hang out** at home today. 我們今天在家玩吧。

03 緊抓住不放的 **hang on**

hang on 的意思為「掛（hang）在……的上頭（on）」，言下之意就是「緊緊抓著……不放」，從這樣的意境延伸為「等待、懸著不做任何處置、不放下來」。

掛在（hang）……的上頭（on）▶▶▶ 等待，堅持，纏著……不放（to）

Hang on, I'll be with you in a minute. 再等一等，我很快會去找你的。

Hang on to your job. 別放棄你的工作。

My son **hangs on** to my pants when he wants something.
當我兒子有所求的時候，就會緊緊抓著我不放。

04 閒蕩的 **hang around**

around

hang around 的意思為「掛在（hang）附近（around）」意即「無所事事一直在……度時間」以及「等待」，若你在公園閒晃遇到熟人，可以對他説：We are just hanging around here，這句話是説「我們只是在這裡閒晃。」

掛在（hang）四周，周遭（around）▶▶▶ 閒晃，悠哉地度過時間

They **hang around** the bar after work.　他們下班後在酒吧消磨時間。

We **hung around**, waiting for him.　我們邊閒晃邊等他。

05 擔心的 **hang over**

over

頭髮 窗簾 問題

hang over 的意思為「掛（hang）到……的上面（over）、懸掛著」，為了問題、煩惱而懸在半空中，就表示在「擔心」問題與煩惱囉！

掛（hang）到上面（over）▶▶▶ 懸掛……，遮到……，（擔心等）在腦中揮之不去

I **hung** the curtains **over** the window.　我把窗簾掛在窗戶上。

Her hair **hangs over** her eyes.　她的頭髮遮到眼睛了。

There are problems **hanging over** me.　有一些問題使我擔心。

06 留下來的 **hang back**

back

hang back 的意思為「掛在（hang）後面（back）」，意即「躲在後頭不敢勇往直前」，通常被用來表示「對……感到猶豫、留下來（即使其他人都離開了，依然未走）」。

掛在（hang）後面（back）▶▶▶ 猶豫，畏縮不前

Never **hang back**.　不要猶豫。

Let's **hang back** from making the final decision.　先等一等別下最終決定。

I **hung back** to talk to the principal.　我為了跟校長面談而留下來。

07 放鴿子的 **stand up**

stand up 的意思為「站（stand）起來（up）」，「把別人立起來」意味著「沒有出現在約定的場所、失約」；stand up for 表示為了某人而站起來，意味著「支持某人、為某人辯護」；stand up to 則是指站起來向著……，表示「面對……」。

站，立著（stand）起來（up）▶▶▶ 站起來，失約，面對……（to）

Stand up. 站起來。

He **stood** me **up**. 他放了我鴿子。

Be brave and **stand up** to your bullies. 要勇於面對那些欺負你的人。

08 傑出的 **stand out**

stand out 字面上的意思為「站（stand）出來外面（out）」，主要用來形容「就像是從隊伍中站出來一樣的突出」，換句話說就是指「顯眼、傑出」。How do I make my application stand out? 這句話是說「該怎麼讓我的申請書脫穎而出呢？」各位應該都曾有過這樣的疑問吧？

站（stand）出來外面（out）▶▶▶ 顯眼，出眾，傑出

I don't want to **stand out** in the crowd. 我不想在人群裡顯得出眾。

Putting on eyeliner will make your eyes **stand out**.
畫上眼線會讓你的眼睛更突出。

09 朝著……站著的 **stand for**

stand for 的意思為「朝（for）……站著（stand）」，可當「代表……」解釋，若接上 not，則表示「容許……、忍受」。

站著（stand）朝……（for）▶▶▶ 表示……，忍受（not）

What does I.T. **stand for**? IT 代表什麼意思呢？

I'm not going to **stand for** them talking like that.
我無法忍受他們說這樣的話。

10　往一邊避開的 **stand aside**

stand aside 的意思為「靠邊（aside）站（stand）」，意即「閃避某事」，也就是「袖手旁觀、置身事外」，How can you stand aside when someone is in danger? 這句話是說「看到別人落難，怎麼可以袖手旁觀呢？」

站（stand）靠邊（aside）▶▶▶ 閃避，袖手旁觀

Stand aside. Make way!　站一邊去，讓路！

Stand aside and let me handle it.　站一邊去，這我會處理。

11　在旁邊支持的 **stand by**

stand by 的意思為「站在（stand）旁邊（by）」，用來表示「發生事情時，站在……的旁邊守護」以及「堅守某個選擇或決定」，所以 I'll stand by my decision 這句話是說「我會堅持我的決定。」

站在（stand）旁邊（by）▶▶▶ 站在……的旁邊，在一旁支持，固守選擇

I was **standing by** the door.　我站在門邊。

He **stood by** me through thick and thin.　不管是什麼時候，他總是站在我身旁。

* through thick and thin（任何時候）

12　後退的 **stand back**

stand back 的意思為「站到（stand）後面去（back）」，也有「為了躲避災難而往後退」的意味，或者也可以表示「閃躲（某種狀況下）、退一步思考」。

站到（stand）後面去（back）▶▶▶ 往後退，閃躲（在某種狀況下），退一步思考

We **stood back** while my dad lit the campfire.
爸爸升火的時候，我們站到後面去。

I **stood back** to analyze the situation.
為了分析狀況，我往後退了一步。

01 我再也不忍了。　　　　　　I won't＿＿＿＿＿it.

02 等一下，先別掛電話。　　　Hold on, don't＿＿＿＿＿．．

03 我們在這兒閒晃一下吧。　　Let's＿＿＿＿＿here.

04 我想要比其他申請人還要顯眼。　I want to＿＿＿＿＿from other applicants

doing this job interview.

05 我在朋友家混了十個小時。　I＿＿＿＿＿at my friend's house for 10 hours.

06 我男朋友放我鴿子。　　　　My boyfriend＿＿＿＿＿me＿＿＿＿＿．

07 我會跟朋友一起留下來。　　I'll＿＿＿＿＿with my friends.

08 抓緊繩子。　　　　　　　　＿＿＿＿＿tight to the rope.

09 我要維護自己的權利。　　　I'll＿＿＿＿＿for my rights.

10 我想在餐桌上方掛吊燈。　　I'd like to＿＿＿＿＿a chandelier＿＿＿＿＿a

dining table.

11 他希望我袖手旁觀，靜觀其變。　He wants me to＿＿＿＿＿and let it happen.

12 他們在公園附近閒晃。　　　They＿＿＿＿＿the park.

13 我希望你能在我身邊。　　　I need you to＿＿＿＿＿me.

14 站到一邊去，然後等著。　　＿＿＿＿＿and wait.

15

A：學校有一些人欺負我，　　Some of the kids at my school are bullying me.
　　我該怎麼辦？　　　　　　 What should I do?

B：鼓起勇氣面對他們。　　　Be brave enough to＿＿＿＿＿to them.

表達　15 bully [ˋbʊlɪ] v. 欺負（弱小）

解答　01 stand for 02 hang up 03 hang around 04 stand out 05 hung out 06 stood, up 07 hang back 08 Hang on 09 stand up 10 hang, over 11 stand aside 12 hang around 13 stand by 14 Stand aside 15 stand up

* 數字與本書的動詞句説明編碼是一致的。

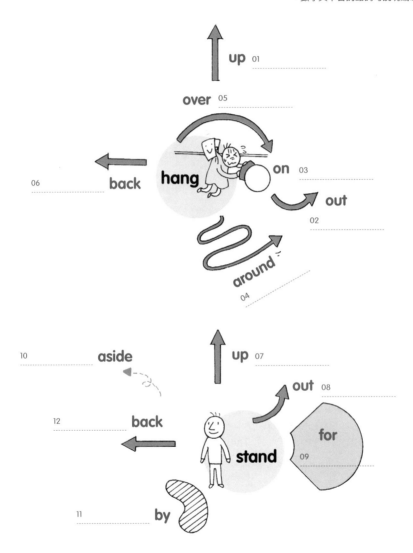

up 01

over 05

back 06

hang

on 03

out 02

around 04

aside 10

up 07

out 08

back 12

stand

for 09

by 11

解答 01 掛，掛電話，掛某人電話（on）02 晾（洗過的衣服），跟……混在一起（with）03 等待，堅持，纏著……不放（to）04 閒蕩，悠哉地度過時間 05 懸掛……，遮到……，（擔心等）在腦中揮之不去 06 猶豫，畏縮不前 07 站起來，失約，面對……（to）08 顯眼，出眾，傑出 09 表示……，忍受（not）10 閃避，袖手旁觀 11 站在……的旁邊，在一旁支持，固守選擇 12 往後退，閃躲（在某種狀況下），退一步思考

A 請寫出下列片語的意思

01 pick out ....

02 drop off ....

03 drop out ....

04 drop around ....

05 show up ....

06 show through ....

07 blow away ....

08 blow over ....

09 grow out ....

10 cut down ....

11 cut away ....

12 cut off ....

13 carry out ....

14 carry on ....

15 pass out ....

16 pass up ....

17 hang around ....

18 hang back ....

19 stand up ....

20 stand for ....

B 請依照中文意思寫出片語。

01 收拾，買，載

02 接聽（電話），追求（異性），接收（頻道）

03 吹熄（蠟燭），爆胎，離開

04 飛上去，（炸彈等）爆炸，對某人生氣（at）

05 漸漸被……給吸引，漸漸變得喜歡……

06 插隊，插嘴，超車

07 帶去很遠的地方，失去自制力，做得太過份

08 順利結束，被誤認為是……（as），充當（as）……

09 晾（洗過的衣服），跟……混在一起（with）

10 顯眼，出眾，傑出

C 看圖然後在空格內填入適當的單字。

01

His mood picked_____ a bit today.

今天他的心情有好一點了。

02

He's showing_____his muscles to impress the girls.

他正在向女孩們炫耀自己的肌肉。

03

She's grown_____of her sweater.

她長大了，所以毛衣不合身了。

04

I'm cutting you_____.

我將會斷絕對你的經濟援助。

05

I need a son to carry_____ the family name.

我需要一個兒子來延續香火。

06

He stood_____me through thick and thin.

不管是什麼時候，他總是站在我身旁。

D 參考中文語意，在空格內填入適當的字。

01 我會幫你挑戒指。
I will help you pick_____a ring.

02 他在最後一刻放我鴿子。
He blew me_____at the last minute.

03 我沒有成為超級好媽媽的資質。
I'm not cut_____to be a supermom.

04 他喝酒喝到不醒人事。
He got drunk and passed_____.

05 站一邊去，這我會處理。
Stand_____and let me handle it.

▶ 解答在第 291 頁

Verb 26
付出金錢跟心血的 pay，
工作與運轉的 work

付出金錢跟心血的 pay

付錢

pay 的基本意思為「付錢」。

I'll **pay** for dinner. 晚餐我請。

I'll **pay** in cash. 我要付現金。

You have to **pay** in advance. 你必須先結帳。

花精神、心血

pay 並不限於只是金錢上的付出，「付出心血」即指「花費力氣、精神在⋯⋯的身上」。

Don't **pay** that any mind. 別管那件事情。

Pay attention to me, please. 請注意我就好。

付出代價

pay 也具有「為某件事情付出代價」的意味，因為做壞事、不良的行動而「受到懲罰、報復」，也可以用於因為努力工作而「招來好的結果，有意義」。

You'll **pay** for that! 你將會付出代價！

It **pays** to work hard. 努力工作是有幫助的。

Taking a risk **paid** off. 冒險一試得到了好結果。

工作與運轉的 work

work 表示因為主詞的關係而發揮了某種功能，因此隨著主詞的不同，意思也有許多種。

當主詞是人的時候，通常被解釋為「工作」的意思。

資料

He **works** hard. 他很努力工作。
I'm **working** nights. 我做夜班。
I **work** from nine to five. 我從九點工作到五點。
My cousin **worked** in show biz.
我的堂哥在演藝圈工作。
*biz 為 business 的縮寫。

We have to **work** together. 我們必須合作。
I **work** with him. 我跟他一起工作。

運動

人並不是只會工作，如同底下所舉的例子，也可以當「運動」解釋。

I **work** out a lot. 我經常運動。

有效果

當主詞為機器、東西時，表示該機器的功能被發揮出來，也就是指該機器「運轉」；若主詞是藥，藥在運作即代表該藥物「有效、產生效用」。

My cellphone is not **working**. 我的手機不動了。
This medicine **works** like magic. 這個藥效果驚人。

通常工作會連帶產生結果，所以也經常被用來表示「產出……的結果、產出……的效力」。

It **worked**. 有效果（可行的）。

01 付出代價的 **pay for**

🎧 26-1

pay for 的意思為「替（for）……付出（pay）……」，除了金錢上的付出，也可以用來表示「為行為、過錯的疏失而付出代價」。

付出（pay）為……（for）▶▶▶ 付錢，支付，付出代價

I **paid** 10,000 won **for** the book. 這本書花了我一萬韓圜。

I'll **pay for** lunch. 中餐費我來付。

She **paid for** her mistake. 她為失誤付出了代價。

02 拿多少還多少的 **pay back**

🎧 26-2

pay back 的意思為「付（pay）回去（back）」，你是否曾經跟別人借錢，然後說「我發薪水那天還錢。」(I'll pay you back on payday.) 呢？除了錢以外，「怨恨也是可以還的」，意即「報仇、報復」。

付（pay）回去（back）▶▶▶ 還（錢），報仇

I'll **pay** you **back** every penny. 我會一分不少還給你。

I'm gonna **pay** him **back**. 我一定會報復他的。

03 匯款的 **pay into**

🎧 26-3

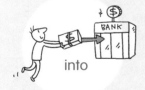

pay into 的意思為「付（pay）進去（into）……」，表示「把錢匯到……、匯款」，也可以用來表示「資助某人」。

付（pay）進去……（into）▶▶▶ 匯款，資助

The money will be **paid into** your account. 錢會匯到你的戶頭裡。

I will **pay into** your education. 我會資助你的學費。

04 清償債款的 **pay off**

pay off 的意思為「付（pay）完（off）」，表示「還錢消債」意即「清償債款」。除此之外，也有「付錢了事」的意味，延伸為「收買」或「付遣散費解雇對方」，常見的用法尚有「讓辛苦有代價」，意即「帶來成果、帶來利益」。

付（pay）完（off）▶▶▶ 清償，收買，有意義

You need to **pay off** your credit card debt. 你必須還清你的卡債。

He tried to **pay off** the police officer that pulled him over for speeding. 他想收買那個叫他靠邊停又開他超速罰單的警察。

05 解決問題的 **work out**

work out 的意思為「解決問題、解開」，在日常會話中，經常可以聽到 I hope things work out 吧？這句話是說「希望一切順利。」

做（work）出來（out）▶▶▶ 解決……

Things didn't work out as planned. 事情並沒有如計畫般地順利解決。

I worked out all the answers. 我把問題都解開了。

06 有效的 **work for**

work for 的意思為「為了（for）……而工作（work）」，用來表示「藥物對……具有療效」，在聽到 Tylenol 或 Viagra 這些藥品時，若說「doesn't work for me」，表示「這些藥物對我沒用」。

工作（work）為了……（for）▶▶▶ 為了……而工作，（藥物）對……有效

I **work for** a big company. 我在大公司上班。

I **work for** her. 我替她工作。

The medicine **worked for** me. 這藥對我有效。

07 下功夫的 **work on**

work on 的意思為「黏在（on）……上面工作（work）」，表示「一直在做……、工作、對……傾注心力」，若 work on 在人身上，則表示下功夫以達成自己的心願。

工作（work）黏在……（on）▶▶▶ 做……工作，致力於（解決、改善）……

I'm **working on** it. 我正在處理件事。

I need to **work on** my English. 我必須念點英語。

We need to **work on** our relationship. 我們必須為我們的關係努力。

08 消除的 **work off**

work off 的意思為「工作（work）去除（off）」，用來表示「利用運動、諮詢等方式，把灰心、擔心、憤怒等等消除掉」；也可以用來表達「身體努力運動使體重減少、努力工作消除債務」，意即「還債」。

工作（work）使分離（off）▶▶▶ 忘記……，消除（鬱悶等），減肥

I **worked off** my breakup. 我忘記了失戀的痛苦。

I went for a run to **work off** my anger. 我藉跑步來消除怒氣。

I'd like to **work off** this extra weight. 我想減去多餘的體重。

09 在……底下工作的 **work under**

work under 的意思為「在……底下（under）工作（work）」，亦可以用來表達「在某人的底下工作」以及「在某種情況下工作」，work under …circumstances 這句話是說「在……的環境底下工作」。

工作（work）在……底下（狀況下）（under）▶▶▶ 在……底下工作，在……情況下工作

I'm **working under** her. 我在她底下工作。

Do you **work** better **under** pressure? 在壓力下工作效率會比較高嗎？

It's illegal to **work under** someone else's professional license.
用他人的事業證照工作是違法的。

10 在……周圍工作的 **work around**

work around 的意思為「在……的周圍（around）工作（work）」，If you work around chemicals, follow all safety precautions 這句話是說「如果你在化學用品周圍工作，就必須遵守所有的安全守則」。

工作（work）圍繞，在……周圍（around）▶▶▶ 在周圍工作，努力工作 (the clock)，按照……去工作

They **work around** the clock. 他們很努力工作。

I **work around** his schedule. 我按照他的計畫工作。

I feel uncomfortable **working around** men.
跟男人一起工作讓我覺得很不自在。

01 你會為這件事情付出代價的。　　You'll＿＿＿＿＿＿＿＿this.

02 你最近有在運動嗎？　　Have you been＿＿＿＿＿＿＿＿?

03 努力工作是有意義的。　　Hard work will＿＿＿＿＿＿＿.

04 我比較傾向於在主女管底下工作。　　I prefer to＿＿＿＿＿＿a female boss.

05 我沒辦法解開老師出給我的全部問題。　　I couldn't＿＿＿＿＿＿all the questions that my teacher had given me.

06 當老闆替我加薪時，我就知道
　　努力工作是有代價的。　　My hard work＿＿＿＿＿when my boss gave me a raise.

07 他正在解縱橫字謎遊戲。　　He's＿＿＿＿＿a crossword puzzle.

08 我跟男朋友進展得不是很順利。
　　我覺得我們快分手了。　　It didn't＿＿＿＿＿with my boyfriend.
I think we're going to break up.

09 我花了五十英鎊買教科書。　　I＿＿＿＿＿fifty pounds＿＿＿＿＿the textbook.

10 我希望在照顧孩子的同時能有一份工作。　　I need a job that＿＿＿＿＿my kids' schedule.

11 我的夢想是在運動頻道工作。　　My dream is to＿＿＿＿＿ESPN.

12 我把欠他的都還清了。　　I＿＿＿＿＿him＿＿＿＿＿.

13 我把借來的五十英鎊都還清了。　　I＿＿＿＿＿the fifty pounds that I had borrowed.

14

A：產後肥胖該怎麼減呢？尤其是小腹
　　跟大腿這兩個部位一定要瘦下來。　　How can I＿＿＿＿＿my baby weight?
I need to＿＿＿＿＿my abs and thighs.

B：一個禮拜要運動三次，並減少
　　碳水化合物的攝取。　　＿＿＿＿＿three times a week and cut down on carbohydrates.

表達　11 ESPN [Entertainment and Sports Programming Network] 美國的娛樂與體育節目電視網
14 carbohydrate [ˌkɑrbəˈhaɪdret] n. 碳水化合物 abs (abdominal muscles) 腹肌

解答　01 pay for 02 working out 03 pay off 04 work under 05 work out 06 paid off 07 working 08 work out 09 paid, for
10 works around 11 work for 12 paid, off 13 paid back 14 work off, work on, Work out

＊數字與本書的動詞句説明編碼是一致的。

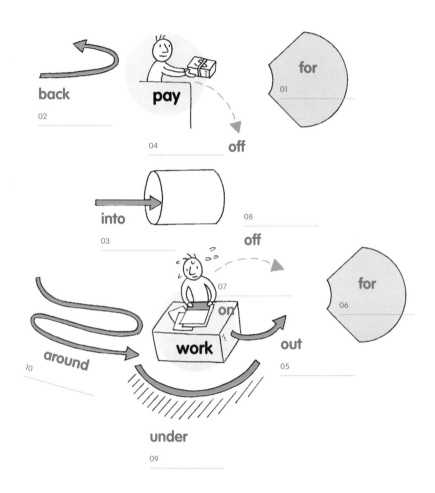

解答　01 付錢，支付，付出代價 02 還（錢），報仇 03 匯款，資助 04 清償，收買，有意義 05 解決…… 06 為了……而工作，（藥物）對……有效 07 做……工作，致力於（解決、改善）…… 08 忘記……，消除（鬱悶等），減肥 09 在……底下工作，在……情況下工作 10 在周圍工作，努力工作 (the clock)，按照……去工作

確認的 check

確認

check 的基本意義為「確認」，打勾的動作即為 check。

I'll **check** it out. 我會確認。
Check with him. 跟他確認。
Check it off the list. 確認核對清單。

確認後進去再出來

較特別的是，check 具有「確認後進去、確認後出去」的意味，這裡所指的確認後進去，是用在「辦理飯店的入住手續、辦理住院手續、托運行李」，而確認後出去則是指「辦理飯店退房、在圖書館借書」，因為不管是在飯店辦理入住、在醫院辦理住院、在圖書館借書都要事先經過確認的手續，所以才以 check 表示。

They **checked** in at the hotel. 他們入住了飯店。
She **checked** into a hospital. 她住院了。
You have to **check** out of the hotel before 10.
你必須在十點以前退房。
I'd like to **check** out this book. 我想要借這本書。

簽名的 sign

簽名

sign 的意思為「簽名」，除了一般所指的在紙上簽名以外，傳遞眼神、手勢等信號也可以用 sign 表達。

Sign here, please. 請在這裡簽名。
He **signed** his approval with a nod. 他點頭表示贊同。
She **signed** with her hands. 她比了一個手勢。

「簽名」是「確認」與「同意」的表徵，也可以用來表示會用到簽名的「簽約、報名、雇用、轉讓」等行為，也可指「報名、加入」。

I **signed** with their company. 我跟他們公司簽了合約。
I want to **sign** up at this gym. 我想要加入這家健身房。

線上的登入，登出

為廣播、電腦的專門術語，表示「開播、廣播完畢」，也可以用在線上的「登入、登出」，因為以上提到的過程皆會經過確認的手續，所以才會以 sign 表達。

I will **sign** on. 我會登入。
I'm **signing** off now. 我現在要登出了。

01　需辦理手續才能進入的 **check in(to)**

🎧 27-1

in(to)

check into 的意思為「確認後（check）進入（into）」，主要用於「進入機場、飯店之前的手續辦理，或者是行李的托運」。

確認（check）進去（in(to)）▶▶▶ 辦理手續後進入，（搭機時）托運……

She **checked into** the clinic.　她住院了。

I need to **check in** to the hotel.　我必須辦理飯店的入住手續。

I **checked in** my luggage.　我托運行李了。

02　繳款後出去的 **check out**

🎧 27-2

out

check out 的意思為「確認後（check）走出去（out）」，可用來表達「在商店裡付錢後出來、飯店退房、在圖書館借書」，因為 out 是指外面，表示「確認外面」，意即「找尋找……、照顧……」，也可以用來表示「調查某事的對錯」。

確認（check）出去（out）▶▶▶ 辦退房手續，借書，確認

I'm ready to **check out**.　我準備好要退房了。

I'd like to **check out** this book.　我想要借這本書。

I **checked out** his alibi.　我確認了他的不在場證明。

03　仔細做檢討的 **check over**

🎧 27-3

over

check over 的意思為「確認（check）整體（over）」，意即「仔細檢討確認有無錯誤的地方」；職場人經常會接觸到的「檢討資料」，英文為 check over the documents。

確認（check）整體（over）▶▶▶ 檢查，檢討，仔細端詳

I got my car **checked over**.　我讓車子接受檢查。

You need to **check** the contract **over** before signing it.　在簽名之前最好能仔細確認過合約。

Check over your work for any mistakes.
仔細確認你的工作是否有疏失。

04　湊近確認的 **check on**

🎧 27-4

check on 的意思為「緊貼在……之上（on）做確認（check）」，意味著湊近確認人的狀態或者是事情的進度。此外，確認故事的真偽也可以用 check 表達，為 check on someone's story。

確認（check）緊貼湊近（on）▶▶▶ 確認（有無異常），觀察

I **checked on** my kids. 我確認孩子們有無異常。

I'll go **check on** dinner. 我去查看一下晚餐（的準備情形）。

05　簽字後放棄的 **sign away**

🎧 27-5

sign away 的意思為「簽名後（sign）送走（away）」，指在像合約書這類的資料上簽字，然後「把財產、權利讓給別人」，He signed away his life savings 這句話是說「他簽字放棄了自己的生活積蓄」。

簽名後（sign）送走（away）▶▶▶ 簽字放棄（財產、權利等等）

He **signed away** his house. 他簽字放棄了自己的房子。

She **signed away** her parental rights to the baby.
她簽字放棄孩子的撫養權利。

06　簽名申請的 **sign up**

🎧 27-6

sign up 的意思為「在資料上簽名（sign）後呈送上去（up）」，用來表示「雇用、報名、加入、申請」，我們申請「加入」Twitter、Gmail 時，也是以 sign up 表達。

簽名（sign）送上去（up）▶▶▶ 簽約受雇，申請……（for），加入……（as）

I **signed up** for a design course. 我申請了設計的課程。

I **signed** us **up** for a parenting class. 我幫我們報名了育兒課程。

I **signed up** as a volunteer. 我簽約成為了一名義工。

07 簽名後進去的 **sign in**

sign in 的意思為「簽名後（sing）進去（in）」，表示「在入口處簽名、表示本人已經到達」，意即「簽到、登錄」，去醫院掛號填寫資料、或者登入電子郵件信箱，都是 sign up。

簽名後（sign）進去（in）▶▶▶ 掛號，在⋯⋯簽到

You need to **sign in** before you can see the doctor.
在看醫生之前你必須先去掛號。

You have to **sign in** before you can access your e-mail.
若想收電子郵件，你必須先登入信箱。

08 簽名後出去的 **sign out**

sign out 的意思為「簽名後（sign）走出外面（out）」，簽名當然意味著「確認確實為本人」，我們去租片時，也是以自己的名字租的，所以也是 sign up。

簽名（sign）出去（out）▶▶▶ 借，登出

Can you **sign out** those videos for me? 你可以幫我借那個片子嗎？
I **signed out** of the online messenger. 我登出 MSN 了。

09 簽約的 **sign on**

sign on 的意思為「簽名後（sign）貼住（on）、貼緊」，意指「公司簽名後把人留住」，也就是「正式簽約採用」；此外，還可以表示「簽約從事⋯⋯活動」以及「登錄網路」。

簽名（sign）貼住（on）▶▶▶ 雇用，加入，登入

We've **signed on** a new English teacher this week.
我們這星期請了三名新的英文老師。

I **signed on** to help out at the old folks' home. 我決定去養老院提供協助。

I can't **sign on** with my ID. 我無法用我的帳號登入。

10 簽名表示完成的 **sign off**

sign off 的意思為「簽名後（sign）完成（off）」，表示「確認後使離開某活動、廣播完畢的信號、登出網路」，寫信時寫到最後會附上簽名，因此「在信上簽名以示結尾」也是 sign off。

簽名（sign）完成（off）▶▶▶ 結束……，説了……後掛上電話，登出

The anchor **signed off** with a smile. 主持人以一個微笑作了結尾。

I **signed off** by saying, "Bye! " 我説「再見！」便掛上了電話。

I forgot to **sign off**. 我忘記登出了。

01 他幫我們辦理手續。

He _____ us _____.

02 我們新請了兩名員工。

We've _____ two new employees.

03 你看看這個！

_____ this _____ !

04 我請了一位律師來幫我確認合約書。

I hired a lawyer to _____ the contract.

05 我必須跟父母確認這件事。

I need to _____ my parents on this.

06 客人在進房之前必須要先簽名。

Guests have to _____ before entering the room.

07 我上網以確認孩子們瀏覽過的網站。

I logged onto the Internet to _____ the websites my kids have been visiting.

08 我想要辦理入住手續。

I'd like to _____.

09 因為感冒的關係，老師要我休息一天。

My teacher _____ me _____ for a day with the flu.

10 我申請了夜間課程。

I _____ for night classes.

11 我要上樓去確認孩子們的狀況。

I'm gonna go upstairs and _____ the baby.

12 我跟音樂公司簽了合約。

I _____ a music company.

13 我們在十二點以前辦理退房。

We _____ of the hotel before noon.

14 他跟我們學校簽了合約。

He's _____ our school.

15

A：我的前夫因為不想付贍養費，所以想放棄扶養權。

My ex wants to _____ his parental rights to keep from paying child support.

B：如果我是妳，我是不會讓他脫身的。

If I were you, I would never let him off the hook.

表達 15 parental [pəˋrɛnt] rights 撫養權　child support 贍養費　let … off the hook 從…的困境脫身

解答 01 checked, in 02 signed on 03 Check, out 04 check over 05 check with 06 sign in 07 check on 08 check in 09 signed, off 10 signed up 11 check on 12 signed with 13 checked out 14 signed with 15 sign away

＊數字與本書的動詞句説明編碼是一致的。

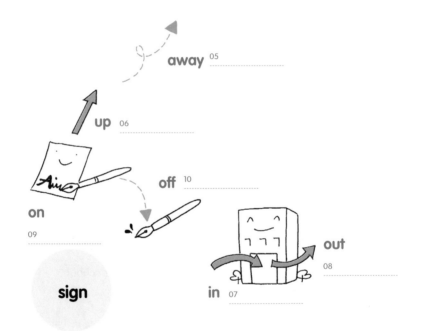

Verb 28

跨步的 step，走路的 walk，用腳踢的 kick

跨步的 step

跨步

step 的意思為「跨步」，往旁邊閃、往後退步這些動作都必須伸出腳步，因此皆以 step 表達；從「跨步」延伸出的「短距離的行走」都是常見的用法。

Step aside. 請站一邊去。

He **stepped** back to let me through.
他往後退好讓我通過。

He **stepped** out of the shower. 他洗完澡後走出浴室。

下車

step 也可以用來表示「下車」跟「踩」。

I **stepped** off the bus. 我從公車上下來。

He **stepped** on my feet. 他踩在我的腳上。

陷入……的狀況

除了肉眼可見的場所，也可以「走進」某種情況，意即「陷入某種情況」。

He **stepped** into a difficult situation.
他陷入了困境之中。

走路、溜狗的 walk

走路

walk 的意思為「走」。

I **walked** home. 我走路回家。
I **walk** to school. 我走去學校。

溜狗，陪…走

也可以用來表示「陪……走、牽著走」。

I'll **walk** you home. 我送你回家。
He **walked** me home. 他陪我走回家。
I **walk** my dog in the morning. 我在早上溜狗。

若跟各種介系詞結合，可表示「走上去、走下去、走來走去」。

Please **walk** up the stairs quietly. 請安靜地上樓梯。
Please **walk** down the stairs slowly. 請慢慢地下樓梯。
He is **walking** around naked. 他裸著身體走來走去。

用腳踢的 kick

踢

kick 的意思為「踢」。

Kick the ball. 踢球。

He **kicked** my son in the head. 他踢我兒子的頭。

戒除習慣、惡習

從把什麼東西踢掉的意境延伸為「戒除習慣、惡習」的意思。

It's difficult to **kick** a bad habit. 戒除一個壞習慣很難。

開始

足球比賽時，多會以踢球來拉開比賽的序幕，所以也被用來當「開始」解釋。

When is the game going to **kick** off?

比賽什麼時候開始呢？

01 踏進去的 **step in(to)**

step in(to) 的意思為「把腳踏（step）進去裡面（in(to)）」，可表示「穿衣服、掉進水坑裡」；step in 也很常被用來表達「介入（某事）以解決……」。

踏（step）進去 in(to) ▶▶▶ 穿，掉進，介入

He **stepped into** his pants. 他穿上了褲子。

I **stepped in(to)** the puddle. 我掉進水坑裡。

He **stepped in** and stopped the fight. 他從中介入勸架

02 走出去的 **step out**

step out 的意思為「稍微走（step）出去（out）」，經常被用來表示「暫時外出」，其它的用法還有「從交通工具走下來、脫離過去或現實」；若和 for 一起用，表示「出去做……」。

走（step）出去（out）▶▶▶ 下車，暫時出去（for）……，脫離（of）

Please **step out** of the car. 請下車。

He has **stepped out** for a cigarette. 他暫時走出去抽煙。

Step out of the past. 脫離過去吧。

03 增強的 **step up**

step up 的字面意思為「走（step）上去（up）」，意味著「接近……、站出來」，其它常見的用法還有「用腳踩使力道或數量增加」，意即「增強、增量」，Step up your game 這句話是說「再加把勁、再努力！」。

走（step）增加強度、量（up）▶▶▶ 奮發，增強，強化

You need to **step up**. 你需要再加把勁。

You need to **step up** your workout. 你必須增加運動量。

Airports are **stepping up** security. 許多機場都加強了安檢。

卸任退幕的 **step down**

step down 的意思為「走（step）下去（down）」，較常被用來表示「退出……的位子、卸任」，其它的用法還有「退出某職責」，必須跟 post 一起使用，例如：step down from one's post。

走（step）下去（down）▶▶▶ 卸任，退出（from）

He **stepped down** as president. 他卸下了總裁的職位。

He **stepped down** from the contest. 他退出了比賽。

加速的 **step on**

step on 的意思為「踩（step）著（on）」，表示「踩踏」，受詞為 it 時，解釋為「踩著油門」，意即「加速」。

踩（step）著（on）▶▶▶ 踩踏，加速（it），提高到……

You **stepped on** my foot. 你踩到我的腳了。

Step on it. 再快一點。

Step on the scale, please. 請站在磅秤上。

下去的 **step off**

step off 的意思為「從……走（step）離開（off）」，表示「從……下來、下車」，從手扶梯（escalator）下來也可以使用 step off，上電扶梯則為 step on。

走（step）離開（off）▶▶▶（從交通工具）下來

I **stepped off** the train. 我從火車上下來。

I **stepped off** the elevator. 我從手扶梯上下來。

07　走進去的 **walk into**

walk into 的意思為「走（walk）進去（into）」，走進去門裡面表示「撞到門」，走進去公司裡面表示「畢業後不費吹灰之力便找到工作」，He walked into a law firm straight out of college 這句話是「他大學一畢業就馬上到法律事務所工作」的意思。

走（walk）進去（into）▶▶▶ 走進去……，（走路走到一半）撞到……，輕易找到（工作）

I **walked into** a shop.　我走進商店裡。

I **walked into** a door.　我撞上了門。

08　走出去的 **walk out**

walk out 的意思為「走（walk）出去（out）」，走出公司表示「罷工」；從人的身邊走出去，即為「離開」，那麼「別走！」的英文只要說 Don't walk out on me 就行了。

走（walk）出去（out）▶▶▶ 走出去，罷工，離開、遺棄（人）（on）

Some of the audience **walked out** halfway through the movie.
電影還在播映的時候，有幾位觀眾就走了出去。

The employees **walked out**.　員工們罷工了。

He **walked out** on his wife.　他拋棄了他的太太。

09　走遠的 **walk away**

walk away 的意思為「走（walk）遠（away）」，用來表示「逃離困境」以及「抱走獎項、輕易獲得」，You can not walk away from …這句話是說「你沒辦法逃離……」，不曉得各位無法逃離什麼呢？

走（walk）遠（away）▶▶▶ 逃離（使不去面對困境），抱走大獎（with），輕易佔據（with）

Walk away before you get into trouble.　在你惹上麻煩之前快點離開。

He **walked away** with a £1,000 prize.　他輕易獲得一千英鎊的獎品。

10 走路走到消小腹的 **walk off** 🎧 28-10

walk off 的意思為「走（walk）離開（off）、掉落」，既然是走路走到使其掉落，表示「消除頭痛或使撐飽的肚子消化」。此外，因為具有離開原本地方的意思，所以也可以表示「離開」。

走（walk）離開（off）▶▶▶ 帶著……離開（with），下去，消除（頭痛或撐飽的肚子）（headache / lunch）

She **walked off** with my laptop. 她帶走了我的筆電。

The singer **walked off** the stage to rest. 歌手離開舞台去休息了。

I **walked off** my headache. 我利用散步來消除頭痛。

11 通過……走過去的 **walk through** 🎧 28-11

walk through 的意思為「走（walk）通過（through）」，Walk me through the rules 這句話是說「帶著我（me）通過（through）規則（rules）」，言下之意就是指「替某人介紹……、替某人說明」。

走（walk）通過（through）▶▶▶ 走……的裡面，教某人做……（以循序漸進的方式幫助對方學會、熟悉）

Walk through the metal detector, please. 請通過金屬探測器。

The magician **walked through** fire. 魔術師走過火焰。

She **walked** us **through** the procedure. 她為我們解說步驟。

12 激起的 **kick up** 🎧 28-12

kick up 的意思為「往上（up）猛踢（kick）」，因為是往上猛踢，一般用來表示「激起灰塵、引起騷動、風的強度增強、病情加重」。

踢（kick）往上（up）▶▶▶ 激起，開始病痛，引起（騷動、混亂）（a fuss）

I **kicked** him **up** in the butt. 我踢了他的屁股。

Why are you **kicking up** a fuss about such a small thing? 你為什麼要無事生非呢？

My asthma has **kicked up** again. 我的氣喘又發作了。

13 踢倒的 **kick down** 🎧 28-13

kick down 的意思為「踢（kick）倒下（down）」，主要用來表示「把人踢倒、把門踢壞」，kick down the ladder 是一句諺語，意指「過河拆橋」。

踢（kick）倒下（down）▶▶▶ 踢倒，破壞

I'm going to **kick** the door **down**. 我要把門踢壞。

I was **kicked down**. 我被踢倒了。

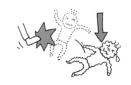

14 踢進去的 **kick in** 🎧 28-14

kick in 的意思為「踢（kick）進去（in）」，經常被用來表示「把藥物、荷爾蒙注入體內」，意即「發揮效果」。如果各位能夠好好 K 這本書，It will kick in right away!（一定會有效果的！）

踢（kick）進去（in）▶▶▶（把東西）踢進去，踢壞（從外面踢門等等），發揮效果

I **kicked in** the door. 我用腳把門踢開了。

The caffeine hasn't **kicked in** yet. 咖啡因還沒有效果。

My maternal instinct **kicked in**. 我發揮了母愛。

15 踢出去的 **kick out** 🎧 28-15

kick out 的意思為「踢（kick）出去（out）」，若被公司 kick out，表示「被炒魷魚」；踢足球時若球被 kick out，則指「球出了界線」。

踢（kick）出去（out）▶▶▶ 踢出去，趕走

My cat likes to **kick** her litter **out** of the box. 我的貓很喜歡把箱子裡的貓砂踢出去。

*litter 為了方便寵物大小便而鋪的沙子

They **kicked** me **out**. 他們把我踢出去了。

kick off 的意思為「踢（kick）掉（off）」，可用來表示「脫掉靴子、踢掉被子」，因此也具有「開球以開始比賽」的意味，所以也可解釋為「開始……」。

踢（kick）掉（off）▶▶▶ 脫掉（鞋子），踢開，開始

I **kicked off** my boots. 我脫掉了靴子。

My baby **kicked off** the blanket. 我的孩子把被子踢開了。

We **kicked off** the game. 我們開始比賽了。

17 踢來踢去的 **kick around** 🎧 28-17

kick around 的意思為「到處（around）踢（kick）」，把人踢來踢去意即「輕率地對待、欺負人」；若把提案踢來踢去，則表示從各個角度來「討論、商量」。

踢（kick）到處（around）▶▶▶ 踢來踢去，討論，輕率地對待人

My cat likes to **kick** litter **around**. 我的貓喜歡把貓砂踢過來又踢過去。

Let's **kick around** this idea. 我們來討論這個點子。

I was **kicked around**. 我被欺負了。

01 如果要保住他的飯碗，我就必須介入。　　I had to _____ to save his job.

02 派對以放煙火開始。　　The party _____ with fireworks.

03 那位 CEO 在爆發醜聞後便卸任了。　　The CEO _____ after the scandal.

04 她輕而易舉得了第一名。　　She _____ with first prize.

05 從梯子上下來。　　_____ the ladder.

06 他帶著我的錢離開了。　　He _____ with my money.

07 我站出來處理狀況。　　I _____ and handled the situation.

08 你必須走上樓去，因為電梯故障了。　　You have to _____; the elevator is broken.

09 我快要被趕走了。　　I am on the verge of being _____.

10 不要離開我。　　Don't _____ on me.

11 他剛剛走出去打電話。　　He just _____ to make a call.

12 我來為你說明何為簡報。　　Let me _____ you _____ the presentation.

13 我小的時候家人待我並不好。　　I was _____ between my families when I was young.

14 這些膠囊馬上就會發揮藥效的。　　Those pills should _____ any time now.

15

> A：聽說我喜歡的影集要出新一季了，真期待！
>
> The new season of my favorite TV show is about to _____ . I can't wait!
>
> B：自從我喜歡的角色被踢出去後，我就再也不看那部影集了。
>
> I stopped watching that show after my favorite character was _____ .

表達　09 on the verge [vɜdʒ] of 接近，瀕於

解答　01 step in 02 kicked off 03 stepped down 04 walked away 05 Step off 06 walked off 07 stepped up / in 08 walk up
09 kicked out 10 walk out 11 stepped out 12 walk, through 13 kicked around 14 kick in 15 kick off, kicked out

*數字與本書的動詞句説明編碼是一致的。

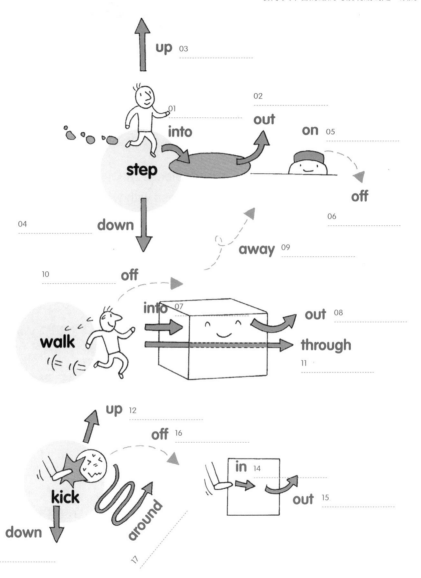

解答　01 穿，掉進，介入 02 下車，暫時出去（for）……，脱離（of）03 奮發，增強，強化 04 卸任，退出（from）05 踩踏，加速（it），提高到…… 06（從交通工具）下來 07 走進去……，（走路走到一半）撞到……，輕易找到（工作）08 走出去，罷工，離開、遺棄（人）（on）09 逃離（使不去面對困境），抱走大獎（with），輕易佔據（with）10 帶著……離開（with），下去，消除（頭痛或撐飽的肚子）11 走……的裡面，教某人做……（以循序漸進的方式幫助對方學會、熟悉）12 激起，開始病痛，引起（騷動、混亂）（a fuss）13 踢倒，破壞 14（把東西）踢進去，踢壞（從外面踢門等等），發揮效果 15 踢出去，趕走 16 脱掉（鞋子），踢開，開始 17 踢來踢去，討論，輕率地對待人

Verb 29

什麼東西都可以裝滿的 fill，喝的 drink，煮沸的 boil

什麼東西都可以裝滿的 fill

裝滿

fill 的基本意思為「裝滿」，把油加滿、杯子裝滿水、填補蛀牙、房間被花的香味填滿等等，都可以使用 fill。

Fill her up, please. 請幫我加（滿）油。

I **filled** the glass with water. 我在杯中倒滿了水。

I need to have a cavity **filled**. 我必須去補蛀牙。

The flower scent **filled** the living room.

客廳充滿了花的香氣。

配藥

此外，「在滿足某種條件與需求之下填滿固定的量」從這樣的意思中延伸出「使滿足條件、配藥」等意思。

He couldn't **fill** her needs. 他沒有辦法滿足她的要求。

I'd like to have this prescription **filled**.

請按照這個處方幫我配藥。

填寫資料

填寫表格、報名表意味著把資料上的空格都填滿，所以經常被用來表示「填寫資料、表格」。

Fill out this form, please. 請填寫這份表格。

喝的 drink

喝

drink 的意思為「喝水、飲料、酒」。

You have to **drink** the medicine right away.
你必須立刻把藥喝下去。

My dog **drank** from the toilet bowl.
我的狗喝了馬桶裡的水。

喝酒

尤其更普遍被用來形容喝酒。

I don't **drink**. 我不喝酒。
I **drank** too much. 我喝太多了。
He **drinks** like a fish. 他是酒鬼。

煮沸的 boil

煮，煮沸

boil 的意思為「煮、煮沸、烹煮」。

Boil the eggs for ten minutes. 把蛋煮十分鐘。
The pot has **boiled** over. 鍋子裡的水滾到溢出來了。

情感上的沸騰

中文裡也會用沸騰來表達「感情或火氣」,因此 boil 也具有「激動、情緒激昂」等意思。

He was **boiling** over with anger. 他現在正火冒三丈。

簡略

除了上述的用法,若 boil 後面接 down,可以解釋為「沸騰後減少」,意即「燉煮」;「把體積大的東西濃縮煮小」則意指「簡略成……、簡略後下……的結論」。

01 以……裝滿的 **fill with**

fill with 的意思為「以（with）……填裝（fill）」，除了具體物質以外，也可以把肉眼所不能及的感情、香味、活動等等裝入心裡、場所、時間裡。

填裝（fill）以……（with）▶▶▶ 以……填裝，充滿

Fill the vase **with** water.　把花瓶裡的水裝滿。

She was **filled with** joy.　她充滿了喜悅。

Fill your time **with** activities you enjoy.　用你喜歡的活動來填滿時間。

02 裝滿的 **fill up**

fill up 的意思為「裝到（fill）往上溢出來（up）」，言下之意就是「裝滿」，我們常會聽到媽媽這麼說：The fridge is almost empty, though I filled it up last week，這句話是說「冰箱幾乎空了，上個禮拜還裝得滿滿的。」

裝（fill）往上溢出（up）▶▶▶ 裝滿，填滿，塞滿

He **filled up** the bottle.　他把瓶子裝得滿滿的。

Fill her **up**, please.　請幫我加滿（汽油）。

03 填進去的 **fill in**

fill in 的意思為「填（fill）進去（in）」，可用來表示「把洞補起來、把空白填起來」，把資料上的空白處填滿，即為「填寫」；填補人的空位則是「取代……做事」；此外「填空」則表示「告知訊息、說明」是常見到的用法。

填（fill）進去（in）▶▶▶ 填寫，告知（訊息），取代

Fill in the blanks.　把空白處填滿。

Fill me **in**.　（有消息要）告訴我。

I **fill in** for him.　我替補他的位置。

04 喝到忘記的 **drink away**

drink away 的意思為「喝（drink）遠離（away）」，可用來表示「藉酒忘記痛苦、因為酒而傾家蕩產，靠喝酒度時間」。

喝（drink）遠離……（away）▶▶▶ 藉酒……，喝酒度時間，因為酒而敗光……

I **drank away** my sorrows. 我藉酒澆愁。

He **drank** the night **away**. 他喝了一整夜的酒。

I **drank away** my life savings. 我因為喝酒而敗光了積蓄。

05 喝到底的 **drink up**

drink up 的意思為「喝（drink）到底（up）」，意即「喝到完」；在炎炎夏日，說：Drink up. It's on me.「喝光它，算我的」應該讓人覺得很豪邁吧？

喝（drink）到底（up）▶▶▶ 喝光光，喝完

Drink up. 喝完它。

He's **drinking up** all the beer. 他把啤酒喝光光。

06 為……而乾杯的 **drink to**

drink to 的意思為「為（to）……乾杯（drink）」，「讓我們為這件事乾一杯！」的英文即為 Let's drink to that！各位會想為什麼而乾杯呢？像《北非諜影》（*Casablanca*）中的「為妳的雙眸？」，原文為：Here's looking at you, kid. 女孩子聽到這句是不是覺得很心動呢？

喝（drink）為了……（to）▶▶▶ 為了慶祝……而乾杯，為了……乾杯，跟……乾杯

Drink to their engagement. 為他們的訂婚乾杯。

Let's **drink to** our future. 為了我們的未來乾杯。

Drink to the bride and groom. 向新郎和相娘乾杯。

07　煮沸的 **boil up**

boil up 的意思為「煮（boil）起來（up），煮沸」，可用來表示「一直加熱到水煮開」「感情、狀態越演越烈，一發不可收拾」。

煮（boil）起來（up）▶▶▶ 煮沸，情緒沸騰

I **boiled up** some carrots for dinner.　我煮紅蘿蔔當晚餐。

My feeling has **boiled up** inside of me.　我的情緒怒火中燒。

08　煮到濃縮的 **boil down**

boil down 的意思為「煮到量變 down」意即「煮到（boil）變少（down）」，因為「體積縮小」所以也被解釋為「濃縮」；若接 to，則表示「終究變成⋯⋯、總結為⋯⋯」。

煮（boil）量往下降（down）▶▶▶ 熬燉，濃縮，總結為⋯⋯

I **boiled down** the sauce.　我在熬煮濃縮醬汁。

I **boiled down** his speech into one page.　我把他的演講濃縮成一頁。

At the end of the day, it all **boils down** to money.
在今天的最後，總結就是錢的問題了。

09　煮沸到溢出來的 **boil over**

boil over 的意思為「煮沸（boil）到溢出來（over）」，就像是用鍋子燒開水一樣；「人的脾氣或是爭論已經達到無法控制的地步，就像燒開的水一發不可收拾」，表示「暴跳如雷、事態嚴重的地步、爆發」。

煮沸（boil）溢出來（over）▶▶▶ 沸溢，暴跳如雷

The water has **boiled over**.　水滾到溢出來了。

My boss **boiled over** with anger.　我的老闆暴跳如雷。

01 可以利用做志工這種有意義的活動
來填滿你的時間。

_____ your time _____ worthwhile activities such as volunteer work.

02 喝完吧，因為要打烊了。

_____ , please. It's closing time.

03 你可以告訴我發生什麼事情嗎？

Can you _____ me _____ on what is happening?

04 我要為這乾杯。

I'll _____ that.

05 我沒有時間整理這個問題。

I don't have time to _____ this matter.

06 無鉛汽油加滿。

_____ it _____ with unleaded.

07 我們今晚不醉不歸。

Let's _____ the night _____ .

08 這取決於他的想法。

It'll _____ to what he thinks.

09 把表格填好後明天拿過來。

_____ this form and bring it back tomorrow.

10 我藉酒來忘記對她的愛。

I'm _____ my love for her.

11 我必須克制自己的脾氣。

I need to keep myself from _____ .

12 請把咖啡倒滿。

_____ the cup with coffee.

13 我來幫你燒開水。

I'll _____ you _____ some water.

14 一切皆取決於這次的考試。

Everything _____ to this test.

15

A：你可以幫我做嗎？　　Can you _____ for me?

B：對不起，我今天不太舒服。　　Sorry, I can't. I'm not feeling very well today.

表達 06 unleaded [ʌnˋlɛdɪd] *n.* （汽油）沒有含鉛的，無煙的

解答 01 Fill, with 02 Drink up 03 fill, in 04 drink to 05 boil down 06 Fill, up 07 drink, away 08 boil down 09 Fill out 10 drinking away 11 boiling over 12 Fill up 13 boil, up 14 boils down 15 fill in

*數字與本書的動詞句說明編碼是一致的。

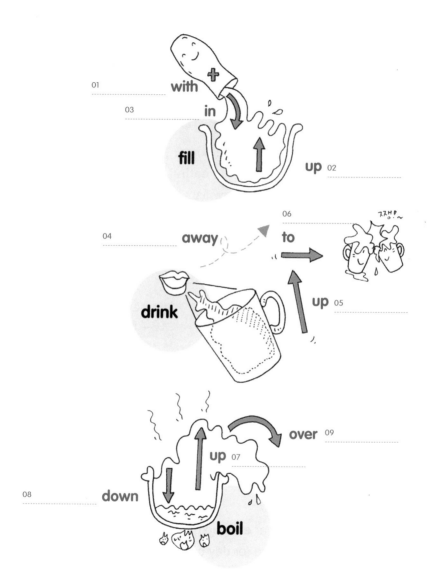

01 with

03 in

fill

up 02

04 away

06 to

drink

up 05

over 09

up 07

08 down

boil

解答　01 以……填裝，充滿　02 裝滿，填滿，塞滿　03 填寫，告知（訊息），取代　04 藉酒……，喝酒度時間，因為酒而敗光……
05 喝光光，喝完　06 為了慶祝……而乾杯，為了……乾杯，跟……乾杯　07 煮沸，情緒沸騰　08 熬燉，濃縮，總結為……
09 沸溢，暴跳如雷

Verb 30

吃食物也吃人的 **eat**，
睡覺的 **sleep**，活著的 **live**

吃食物也吃人的 eat

eat 為表示「吃」的動詞，主要用來形容「吃東西」，吃外面 eat out 是指「上館子吃飯」，在家吃則是 eat in。

吃

He **eats** like a horse. 他食量驚人。
I don't feel like **eating**. 我沒有心情吃東西。
I don't **eat** raw fish. 我不吃生魚片。
I'd like to **eat** out. 我想要在外面吃。
We're going to **eat** in. 我們會在家吃飯。

動詞 eat 也可以指吃非食物的東西，「痛苦或內疚吞噬著人」意味「折磨、使擔心」；「疾病啃食內臟」則是指「因為疾病使器官受損」。

折磨

What's **eating** you? 什麼事情困擾著你？
The cancer is **eating** away his lung.

癌細胞損壞了他的肺。

中文裡也有汽車吃油的講法，eat 也可以用來表示「汽車耗油、把錢花光光、消費」。

消費

My car **eats** up gas. 我的車子很耗油（很會吃油）。
Paying for day care **eats** up her income.

她的收入都花在托兒所上。

睡覺的 sleep

睡覺

sleep 為表示「睡覺」的動詞，如果是在別人家睡覺，則解釋成「外宿、過夜」。

Sleep tight. 晚安。

Did you **sleep** well? 你睡得好嗎？

I couldn't **sleep** a wink last night. 我昨晚完全沒睡。

I **slept** like a log. 我熟睡得像塊木頭。

Let me **sleep** over. 讓我在此過夜。

發生關係

「跟別人一起睡覺」是指「發生關係」；還有一個用法最好也能熟記下來，「因為……而失去了睡眠」言下之意就是指「因為擔心……而睡不著覺」。

He **sleeps** around. 他到處跟人睡。

I **slept** with him. 我跟他上床了。

I'm losing **sleep** over it. 我擔心到睡不著覺。

失去知覺

此外，手、腳因為麻掉而「沒有知覺」也可以用 sleep 表達。

My leg is **sleeping**. 我的腳麻掉了。

活著的 live

活著

live 的意思為「活著」。

I used to **live** in this neighborhood.

我曾經住在這附近。

How can flowers **live** without water?

花沒有了水怎麼活下去？

維持

持續

除了上面的用法，還可以表示某件事情的狀態或情況的「持續、遺留」。

The memory will **live** with me for many years.

記憶會跟著我許多年。

His name will **live** on in history.

他的名字將會長留在歷史中。

當受詞是 live 的名詞型 life 時，表示「過著……的生活」。

I want to **live** a healthier life. 我想要過更健康的人生。

吃光光的 **eat up**

eat up 的意思為「完全地（up）吃（eat）」，意即「吃完」，可用來表達「把食物吃光」；其它常見的用法還有「消耗許多資源、金錢等等」，言下之意就是「使用、消費」。

吃（eat）完全地（up）▶▶▶ 全部吃完，消費

I **ate** it all **up**. 我全部吃光了。

My car **eats up** petrol. 我的車子很耗汽油（petrol）。

Paying for my mortgage has been **eating up** my income.
我的收入被抵押借款給吃光光了。

把錢跟時間都吃進去的 **eat into**

eat into 的意思為「吃（eat）進去（into）、侵蝕」，意指「把錢或時間吃進去」，也就是「一點一滴的把錢用光、因為工作而佔用時間」；I have been eating into my savings since I got laid off 這句話是「自從我被開除後，我就靠著積蓄度日」的意思。

吃（eat）進去（into）▶▶▶ 吃進去，耗費（錢、時間）

School fees have eaten into our savings.
學費花光了我們的積蓄。

My work began to **eat into** my family time.
我的工作開始佔用了我的家庭時間。

欺負的 **eat away**

eat away 的意思為「吃完（eat）送走（away）、吃完」，可用來形容疾病損壞器官或者是生鐵鏽、岩石受到侵蝕等等，具有「慢慢損壞」的意味；「痛苦跟內疚慢慢地損壞人」，言下之意就是指「折磨人」。

吃完（eat）送走（away）▶▶▶ 拼命吃，吃進去，折磨

The disease is **eating away** his liver. 疾病損害了他的肝臟。

The guilt is **eating away** at me. 我被內疚折磨著。

The pain is **eating** him **away**. 他被痛苦折磨著。

04 緊貼著……睡覺的 **sleep on**

30-4

sleep on 的意思為「貼在（on）……睡覺（sleep）」，意指「讓身體貼在地面上睡覺」，常見的用法有「緊貼著煩惱睡覺」，言下之下就是指「睡覺的時候邊思考著煩惱」。

睡覺（sleep）貼著……(on) ▶▶▶ 以……的姿勢睡覺，對於……思考了一整夜

I always **sleep on** my side. 我總是側睡。

I always **sleep on** my stomach. 我總是趴著睡。

Let me **sleep on** it. 讓我考慮一晚。

05 以睡眠消除的 **sleep off**

30-5

sleep off 的意思為「睡覺（sleep）使離去（off）」，以及「以睡眠消除痛苦或苦惱」，sleep off fat 這句話是說「靠睡眠甩掉脂肪」。

睡覺（sleep）使離開（off）▶▶▶ 靠睡覺甩掉……，以睡眠消除……

I **slept off** my hangover. 我靠睡眠來消除宿醉。

Sleep it **off**. 睡一覺然後忘了它。

I **slept off** the headache. 我靠睡眠消除頭痛。

06 藉由睡覺送走煩惱的 **sleep away**

30-6

sleep away 的意思為「藉由睡覺（sleep）把頭痛的問題、疲勞等等拋到九霄雲外去（away）」，意即「靠睡覺打發時間、靠睡覺解決問題或消除疲勞」，應該有很多人在星期天的時候以 sleep away 度日吧？

睡覺（sleep）拋到九霄雲外（away）▶▶▶ 藉由睡覺忘記煩惱，以睡覺打發時間

I **slept** my problems **away**. 我藉由睡覺來忘卻煩惱。

I **slept away** my vacation. 我整個假期都在睡覺。

07 在裡面睡的 **sleep in**

sleep in 的意思為「睡（sleep）在……裡（in）」，特別用在在像星期天這種不必工作、上學的日子，形容「睡懶覺」；若是每個週末都說 I will sleep in on Sunday（我星期天要睡到日上三竿才起床），這樣恐怕不好吧？

睡覺（sleep）裡面（in）▶▶▶ 故意賴床，在床上睡覺，在陌生的地方睡覺

You can't **sleep in** Mommy and Daddy's bed anymore.
你不能再睡在爸媽的床上了。

I can't **sleep in** unfamiliar places. 我會認床。

08 一路睡到底的 **sleep through**

sleep through 的意思為「中間沒有醒來而一直（through）在睡覺（sleep）」，通常用來形容「一路睡到底」以及「就算鬧鐘響也沒有醒來」。

睡覺（sleep）貫通……（through）▶▶▶ 一路睡到底

I **slept through** the night. 我一覺到天亮。

I **slept through** my father's snoring. 就算我爸打呼我也睡得著。

I can't believe you! You **slept through** my lecture. 我真不敢相信！你竟然睡了我一堂課。

09 一起住的 **live with**

live with 的意思為「跟（with）……住（live）」，也可以用來表示「忍耐、接受現況、忍受」，反義詞 live without 則表示「沒有（without）……住」。

住（live）跟……一起（with）▶▶▶ 跟……一起住，接受，忍耐
住（live）而沒有……（without）▶▶▶ 沒有……活

I **live with** my cousin. 我跟堂哥一起住。

It's hard to **live with** the pain of losing a family member.
失去家人的痛苦是很難承受的。

I can't **live without** my cellphone. 沒有手機我活不下去。

沒有手機我活不下去啊…

I want to **live without** regret. 我想要沒有後悔的活著。

10 為了……而活的 **live for**

live for 的意思為「為了（for）……而活（live）」，用來表示「以……為生活的重心、把自己貢獻在……身上」，不曉得各位對 What do you live for? 此疑問，你是否「笑而不答」呢？

活（live）為了……（for）▶▶▶ 把自己貢獻在……，把……視為是最重要的，為了……而活

She **lives for** her children. 她把自己獻給了孩子。

He **lives for** basketball. 籃球對他非常重要。

I **live for** enjoying a happy life. 我為了幸福而活。

11 達到某個程度的 **live up**

live up 的意思為「活在（live）某個基準以上（up）」，意指「生活過度揮霍」；若後面接 to，表示「不辜負期待或標準」，I hope I live up to my parents' expectations 意指「我希望自己能不辜負父母的期待。」

活（live）超過以上（up）▶▶▶ 快樂過日子，不辜負（to）……

He can afford to **live** it **up** a bit. 他可以稍微過更好的日子。

The concert did not **live up** to my expectations. 音樂會沒有達到我的期望。

12 靠……過活的 **live on**

live on 的意思為「活在（live）……的基礎上（on）」，通常取決於食物跟金錢，用來表示「以……為主食、靠多少錢過活」。

過活（live）緊貼在……之上（on）▶▶▶ 吃……過活，（靠……解決基本生計）維生

She **lives on** fruits and vegetables. 她以水果和蔬菜當主食。

We **live on** 500,000 won a week. 我們一週靠五十萬韓圜過活。

live off 的意思為「從……摘取資源（off）過活（live）」，若對象為人，表示「仰賴某人過活、寄人籬下」；從土地上取得資源過活，表示「仰賴土地上的資源過活」，I find it hard to live off the money that I've earned 這句話是說「我了解要靠自己賺的錢維持生計是不容易的」。

過活（live）從……身上摘卸（off）▶▶▶ 仰賴，以……維持生計

I **live off** my parents. 我仰賴父母生活。

We **live off** the land. 我們靠土地耕作過活。

by

規則
海邊

live by 的意思為「在……旁（by）生活（live）」，從原本的「在……旁生活」，延伸為「遵守規則、遵守信仰」；聖經上說的「以信仰為生活」的英文為 Let us live by faith，而 words to live by 這句話為「處事箴言」。Do you have words to live by?

生活（live）在……身邊（by）▶▶▶ 在……身邊生活，遵守規則

I **live by** the beach. 我住在海邊。

Live by my rules. 遵從我的規則。

through

一星期 戰爭
難事

live through 的意思為「通過（through）……活著（live）」，意指「經歷困難、撐過、活下來 」，He will not live through the night 這句話是說「他沒辦法活過晚上。」言下之意就是說他在早上到來之前就會死亡了。

活著（live）通過（through）▶▶▶ 經歷過……，撐過，活下來

I don't know how to **live through** this week. 我不知道該怎麼撐過這個禮拜。

I've **lived through** a lot of bad things in my life.
在我的生命中，我經歷了許多負面之事。

My grandmother **lived through** World War II. 我奶奶經歷過第二次世界大戰。

戰爭

01 你想上哪兒吃飯？　　Where do you like to＿＿＿＿＿＿？

02 不管有什麼事情我都能睡著。　　I can＿＿＿＿＿anything.

03 這個蛋糕不符合我的期待。　　The cake didn't＿＿＿＿＿to my expectations.

04 疾病正損害著他的肺。　　The disease is＿＿＿＿＿his lung＿＿＿＿＿.

05 昨天已是歷史，而明日還無法預知，　　Yesterday is history and tomorrow is a mystery.

讓我們為今天而活！　　Let's＿＿＿＿＿today!

06 就算鬧鐘響我也不會被吵醒。　　I＿＿＿＿＿the alarm.

07 我經歷了一場重大的意外。　　I＿＿＿＿＿a bad accident.

08 我必須樂於我所做的事。　　I have to＿＿＿＿＿what I have done.

09 你有仔細想過了嗎？　　Did you＿＿＿＿＿it?

10 今晚我可以在珍妮家過夜嗎？　　Can I＿＿＿＿＿at Jenny's tonight?

11 你覺得這輩子可以一直靠著我過活嗎？　　Do you think you can＿＿＿＿＿me forever?

12 如果你沒吃完，你就沒有點心吃。　　If you don't＿＿＿＿＿, you won't get any dessert.

13 我星期天會讓丈夫睡晚一點。　　I let my husband＿＿＿＿＿on Sundays.

14 運送費與延期交貨把我們的　　Shipping costs and back orders are＿＿＿＿＿

利潤都吃掉了。　　our profits.

15

A：我不知道該怎麼還卡債。　　I don't know how to pay off my credit card debt.

B：即使沒有信用卡也可以過活，　　You can＿＿＿＿＿credit cards.

把信用卡都剪掉，只靠你的薪水　　Cut up your all credit cards and just＿＿＿＿＿

過活吧。　　your salary.

表達 14 back order（因為沒有庫存）而無法處理的訂單

解答 01 eat out 02 sleep through 03 live up 04 eating, away 05 live for 06 slept through 07 lived through 08 live with 09 sleep on 10 sleep over 11 live off 12 eat up 13 sleep in 14 eating into 15 live without, live on

* 數字與本書的動詞句説明編碼是一致的。

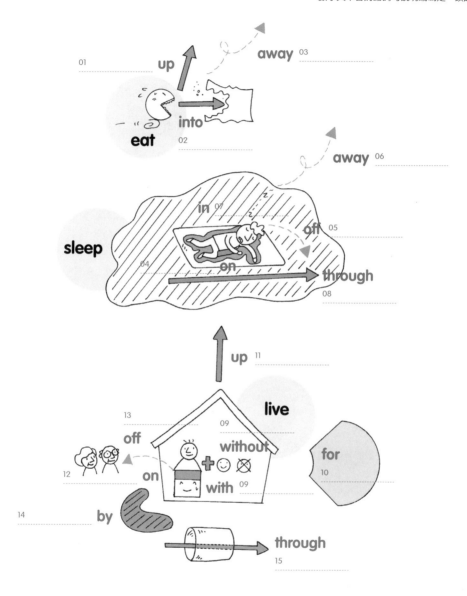

解答　01 全部吃完，消費 02 吃進去，耗費（錢、時間）03 拼命吃，吃進去，折磨 04 以……的姿勢睡覺，對於……思考了一整夜 05 靠睡覺甩掉……，以睡眠消除…… 06 藉由睡覺忘記煩惱，以睡覺打發時間 07 故意賴床，在床上睡覺，在陌生的地方睡覺 08 一路睡到底 09 跟……一起住，接受，忍耐；沒有……活 10 把自己貢獻在……，把……視為是最重要的，為了……而活 11 快樂過日子，不辜負（to）…… 12 吃……過活，（靠……解決基本生計）維生 13 仰賴，以……維持生計 14 在……身邊生活，遵守規則 15 經歷過……，撐過，活下來

A 請寫出下列片語的意思

01 pay back   11 walk through

02 pay off   12 kick off

03 work out   13 fill with

04 work on   14 drink up

05 check out   15 drink to

06 check on   16 boil down

07 sign up   17 eat up

08 sign away   18 eat away

09 step in(to)   19 sleep in

10 walk out   20 live with

B 請依照中文意思寫出片語。

01 付錢，支付，付出代價

02 忘記……，消除（鬱悶等），減肥

03 雇用，加入，登入

04 辦理手續後進入，（搭機時）托運……

05 奮發，增強，強化

06 踢來踢去，討論，輕率地對待人

07 填寫，告知（訊息），取代

08 藉酒……，喝酒度時間，因為酒而敗光……

09 一路睡到底

10 仰賴，以……維持生計

C 看圖然後在空格內填入適當的單字。

01

I'd like to work＿＿＿＿＿extra weight.

我想減去多餘的體重。

02

She signed＿＿＿＿＿her parental rights to the baby.

她簽字放棄孩子的撫養權利

03

I'll go check＿＿＿＿＿dinner.

我去確認晚餐的準備情形。

04

He stepped＿＿＿＿＿and stopped the fight.

他從中介入勸架。

05

I drank＿＿＿＿＿my sorrows.

我藉酒消愁。

06

I slept＿＿＿＿＿my hangover.

我靠睡眠來消除宿醉。

D 參考中文語意，在空格內填入適當的字。

01 你必須還清償卡債。　　You need to pay＿＿＿＿＿your credit card debt.

02 我忘記登出了。　　I forgot to sign＿＿＿＿＿.

03 我發揮了母愛。　　My maternal instinct kicked＿＿＿＿＿.

04 我代替他做事。　　I fill＿＿＿＿＿for him.

05 學費花光了我們的積蓄。　　School fees have eaten＿＿＿＿＿our savings.

▶ 解答在第 292 頁

Weekly Quiz 解答

Weekly Quiz 01 verb 01-05（P.86-87）

Ⓐ

1 起床，發生（事情），增加
2 克服，病癒，結束
3 在後面，落後，（貸款償還等）逾期
4 沉迷，熱衷，非常喜愛
5 搭車（像公車那樣的大車），做（事），穿（衣服）
6 從……出去（of），去除（斑點），洩漏（秘密）
7 下來，下跪，憂鬱
8 通過，苦撐過日子（with）
9 放到外面，掏出來，滅掉
10 優先處理，擺第一處理
11 圍，繫，擦
12 收拾，儲蓄，關進（監獄、精神病院等）
13 開，（在……期間）休息，拿掉
14 留宿，理解，把（衣服等）改小
15 帶去……，拿著去……
16 接收，佔領（位子），承攬
17 發生（事情），（活動）到來，想出來（with）
18（事情）進展的順利，跟隨，出現（機會）
19 從遠處來，訪問（to），感覺到（某種心情）
20 聚集，完成，整理好

Ⓑ

1 be down 2 be after 3 get through 4 get ahead
5 put in 6 put behind 7 take on 8 take up
9 come with 10 come off

Ⓒ

1 on 2 over 3 under 4 back 5 away 6 to

Ⓓ

1 against 2 along 3 through 4 out 5 by

Weekly Quiz 02 verb 06-10（P.128-129）

Ⓐ

1 掉落，下去，（船隻、水手）沈沒，消腫

2 一起去，（跟……）很搭
3 違反（法律），對抗……，違背……
4 選擇，去做……，努力想要爭取
5 掛，放到上面，（以……理由）起訴
6 下去，邀請（至鄉下），看做是……（as）
7 收回，再次接納（已經離開的人）
8 叫（來家裡），懷有怨恨（have it in for），有
9 決定（one's mind），編造（故事），化妝，彌補（for），挽回，和好
10 朝著，往……走
11 急忙離開，偷走（with）
12 拉下來，使憂鬱，消腫
13 推出（新產品），拿出來，使突出
14 帶回來，使想起來，使活過來
15 帶來……的周圍，使贊成
16 使……，使達到……
17 使無法進入，阻擋，使不會陷入（困境）（of）
18 阻止，使不能……，抑制
19 使無法離開，留校察看，留心（mind）
20 吞食，降低（音量）減少（費用）

Ⓑ

1 go over 2 go out 3 have out 4 have on
5 make out 6 make into 7 bring up 8 bring on
9 keep away 10 keep on

Ⓒ

1 under 2 in 3 up 4 up 5 off 6 to

Ⓓ

1 through 2 against 3 up 4 in 5 up

Weekly Quiz 03 verb 11-15（P.163-164）

Ⓐ

1 分給，流出，見底
2 贈送，洩漏，把新娘交給新郎
3 輸，投降，屈服
4 排放（味道），發出（熱氣等），散發（氣氛）

5 捲起（袖子），停（車），起身

6 （衣服）放下來，賺（錢），拆毀（建築物）

7 離開，遠離

8 拉起來，停車（停到路邊），脫（衣服）

9 陷入（愛情、昏迷狀態），失誤

10 （頭髮，牙齒等）掉，關係變得不好（with）

11 被深深迷住，被騙

12 跌倒，無視（忠告），在某個日子

13 伸出，堅持，還有

14 延期，耽擱，延後

15 舉起來，支撐，使停頓，使延宕

16 制止，按著不動，維持

17 提高（音量），出現

18 提交，睡覺，（到警局）自首

19 是為……，結果是……

20 開（電源），激起性慾，攻擊

Ⓑ

1 give up　2 give back　3 pull in　4 pull apart

5 fall behind　6 fall through　7 hold on　8 hold in

9 turn against　10 turn to

Ⓒ

1 off　2 back　3 down　4 back　5 down　6 into

Ⓓ

1 in　2 together　3 apart　4 up　5 around

Weekly Quiz 04 verb 16-20（P.196-197）

Ⓐ

1 分手，（通話）掛斷，裂成碎片（into）

2 穿破，突破

3 侵入，妨礙（on），使（鞋子、汽車等）逐漸合穿、合用

4 逃獄（of），中途離開（of），長（青春痘等）

5 （液體）滿出來，（被車子）輾過，快速瀏覽

6 滴下來，下來，撞倒

7 跑走，逃開，逃走

8 跑來跑去，奔波，鬼混

9 把……仔細看個清楚，調查

10 尋找

11 看後面，回顧過去

12 看穿……，充分檢討，翻找

13 幫助

14 助某人逃出去，幫助（解決困難）

15 幫忙穿上（with），幫助某人搭上（交通工具）

16 幫助某人取得，盡情享用（oneself to），隨意自取（one self to）

17 堅持做

18 緊緊黏在一起，不做改變

19 黏，團結，行影不離

20 突出來，伸出來

Ⓑ

1 break down　2 break away　3 run into　4 run to

5 look out　6 look down　7 help into　8 help up

9 stick up　10 stick to

Ⓒ

1 into　2 off　3 up　4 with　5 to　6 together

Ⓓ

1 through　2 through　3 into　4 off　5 to

Weekly Quiz 05 verb 21-25（P.239-240）

Ⓐ

1 挑選，找出

2 使下車，送洗，打盹

3 輟學，出局

4 掉到四周，順道過來附近，發送（印刷品等）

5 顯露出來，出現（於約定的場所），使人難堪

6 照射，顯露

7 被風吹走，刮走，使震驚

8 吹上去，（暴風雨、消息等）平息下來

9 長（鬍子等等），長大後變得不……（of），長大後變得不合身（of）

10 砍倒，降價，減少（消費）（on）

11 切掉

12 剪斷，切斷經濟上的援助，使孤立

13 執行，履行

14 繼續做（進行中的事情）（with），延續（傳統）

15 喪失意識，分發

16 錯過（機會等），拒絕，放棄

17 閒蕩，悠哉地度過時間

18 猶豫，畏縮不前

19 站起來，失約，面對……（to）

20 表示……，忍受（not）

Ⓑ

1 pick up　2 pick up　3 blow out　4 blow up
5 grow on　6 cut in　7 carry away　8 pass off
9 hang out　10 stand out

Ⓒ

1 up　2 off　3 out　4 off　5 on　6 by

Ⓓ

1 out　2 off　3 out　4 out　5 aside

Weekly Quiz 06 verb 26-30（P.286-287）

Ⓐ

1 還（錢），報仇

2 清償，收買，有意義

3 解決……

4 做……工作，致力於（解決、改善）……

5 辦退房手續，借書，確認

6 確認（有無異常），觀察

7 被雇用，申請……（for），加入……（as）

8 簽字放棄（財產、權利等等）

9 穿，掉進，介入

10 走出去，罷工，離開、遺棄（人）（on）

11 走……的裡面，教某人做……（以循序漸進的方式幫助對方學會、熟悉）

12 脫掉（鞋子），踢開，開始

13 以……填裝，充滿

14 喝光光，喝完

15 為了慶祝……而乾杯，為了……乾杯，跟……乾杯

16 熬燉，濃縮，總結為……

17 全部吃完，消費

18 拼命吃，吃進去，折磨

19 故意賴床，在床上睡覺，在陌生的地方睡覺

20 跟……一起住，接受，忍耐

Ⓑ

1 pay for　2 work off　3 sign on　4 check in(to)
5 step up　6 kick around　7 fill in　8 drink away
9 sleep through　10 live off

Ⓒ

1 off　2 away　3 on　4 in　5 away　6 off / out

Ⓓ

1 off　2 off　3 in　4 in　5 into

附錄：介系詞片語總整理

附錄:介系詞片語總整理

Verb 01 透露所有事情讓你知道的**be動詞**

01 be up 起床,發生(事情),增加

02 be down 睡覺,(健康)變糟,減少

03 be over 克服,病癒,結束

04 be under 在……之下,在……的狀況底下,……之中

05 be on 正在……,……之中

06 be off 走,出發,(工作)休息,不……

07 be after 追趕,追逐,尋找

08 be behind 在後面,落後,(貸款償還等)逾期

09 be into 沉迷,熱衷,非常喜愛

10 be with 跟……同行、在一起,同意……的意見

11 be in 在……之中,參與,面臨(某種狀況)

12 be out 出去,洩漏出去,沒有……

13 be for 是為了……,贊成

14 be against 違背(信念、信任),反對,比賽

15 be around 在……周邊,出現

16 be at 在……,正在……

17 be along 來

18 be through 經歷,經驗,結束,完成……

Verb 02 先拿了再說的**get**

01 get on 搭車(像公車那樣的大車),做(事),穿(衣服)

02 get off 下班,停止做,拿掉

03 get in(to) 搭(車),陷入(某狀況),被准許進入

04 get out 從……出去(of),去除(斑點),洩漏(秘密)

05 get up 起來,叫醒,放到上面

06 get down 下來,下跪 (on one's knees),憂鬱

07 get over 越過,忘記,克服(打擊或悲傷)

08 get along 過活,靠……活下去(on),與……友好相處(with)

09 get away 逃跑,全身而退(with),從……逃離(from)

10 get back 回來,找回來

11 get to 去到……,上班(work),使得……

12 get by 通過,苦撐過日子(with)

13 get ahead 在……領先(in),成功

14 get behind 開車(the wheel),在……之中落後(in),支持,支援

15 get across 穿越,傳達,使理解

16 get through 結束,脫離,以電話跟……聯繫(to)

Verb 03 任何地方都可以放的**put**

01 put up 舉起,裝,留宿

02 put down 放下來,支付(訂金等等),安樂死(通常會讓變老或病況嚴重的動物吃藥)

03 put on 接聽(電話),列(在名單上),裝(鎖)

04 put off 使……不,拖延

05 put in 把……放進去,把……送進去,替……說好話(a good word for)

06 put out 放到外面,掏出來,滅掉

07 put over 蓋住,遮住,戴上

08 put under 放在……的下面,使受到……,使(麻醉)

09 put before 優先處理,擺第一處理

10 put behind 往後擺,忘記

11 put around 圍,繫,擦

12 put to 哄……睡覺(bed),使……,做……

13 put aside 儲蓄,放棄(工作),撇開(意見分歧)

14 put together 組裝,搭配(衣服),商討(the heads)

15 put away 收拾,儲蓄,關進(監獄、精神病院等)

16 put back 放回原位,撥指針(時鐘),向後傾

17 put into 花費(時間、努力),使陷入……,翻譯

18 put through 使經歷……，轉接電話（to）

Verb 04　經過挑選的 take

01 take in 留宿，理解，把（衣服等）改小

02 take out 帶出去，丟掉（垃圾），生氣（on）

03 take up 開始（事情、興趣），佔用（時間或空間）

04 take down 拉下來，寫下來

05 take on 載，雇用，負責任

06 take off 開，（在……期間）休息，拿掉

07 take over 接收，佔領（位子），承攬

08 take away 搶走，去遠處，消除

09 take to 帶去……，拿著去……

10 take along 帶著走，攜帶

11 take apart 分解，拆解，教訓對方

12 take back 找回，退貨，使回憶起

Verb 05　過來, come

01 come up 發生（事情），（活動）到來，想出來（with）

02 come down 下來，患病（不太嚴重的）（with），（價格）打折

03 come in 進來，衣服要……的顏色或尺寸

04 come out 出來，發售，（從原來附著的地方）掉落（of）

05 come to 來……，成為……，（總計）達到……

06 come over 從遠處來，訪問（to），感覺到（某種心情）

07 come off 掉落（鈕釦等），去掉，沾到（口紅等）

08 come with 一起來，跟過來，伴隨……而來

09 come by 暫時經過，獲得，入手

10 come along（事情）進展的順利，跟隨，出現（機會）

11 come through 穿越，堅持到底，長（牙齒）

12 come together 聚集，完成，整理好

Verb 06　去那裡, go!

01 go up 往上，燒毀（in flames），（體溫、溫度、價格）上升

02 go down 掉落，下去，（船隻、水手）沈沒，消腫

03 go with 一起去，（跟……）很搭

04 go without 在沒有……的情況下去，不……在苦撐，無法……

05 go for 選擇，去做……，努力想要爭取

06 go against 違反（法律），對抗……，違背……

07 go into 進去，開始，加入（領域）

08 go out 出去，約會，寄送，（火）熄滅

09 go over 越過，穿越（to），查看

10 go away 往下走，沈沒，破產

11 go to 用在……身上，賦予……

12 go by 經過，（時間）流逝，遵守（規定）

13 go off 偏離（路線），（鬧鐘）響，生（氣）（on）

14 go away 離開，不見，消失

15 go around 在……打轉，繞來繞去，（消息）傳開

16 go back 回去……（to），回到……（to）

17 go through 遭受，歷經，翻找

18 go along 與……同行（with），同意，追隨（計畫、規定）

Verb 07　什麼都可以擁有的 have

01 have in 叫（來家裡），懷有怨恨（have it in for），有

02 have out 拿出來，（說出來後）下結論（with）

03 have on 穿著，開著

04 have against 靠著，因為某理由而討厭……，不喜歡

05 have up 掛,放到上面,(以……理由)起訴
（for）

06 have down 下去,邀請(至鄉下),看做是……
（as）

07 have back 收回,再次接納(已經離開的人)

Verb 08 從無到有的make

01 make out 進行,了解,愛撫

02 make into 做成……

03 make up 決定(one's mind),編造(故事),化
妝,彌補(for),挽回,和好

04 make for 朝著,往……走

05 make off 急忙離開,偷走(with)

Verb 09 帶來的bring

01 bring up 開啟(話題),撫養(小孩),提高

02 bring down 拉下來,使憂鬱,消腫

03 bring in 帶進來,賺進,帶來

04 bring out 推出(新產品),拿出來,使突出

05 bring on 請來,帶來,引起

06 bring back 帶回來,使想起來,使活過來

07 bring around 帶來……的周圍,使贊成

08 bring to 使……,使達到……

Verb 10 維持下去的keep

01 keep up 維持,使晚上無法入眠,持續(the
good work)

02 keep down 吞食,降低(音量)減少(費用)

03 keep on 不撕下來,穿著,繼續做……(ing)

04 keep off 使無法靠近,避開(特定話題),不吃

05 keep in 使無法離開,留校察看,留心(mind)

06 keep out 使無法進入,阻擋,使不會陷入(困
境)(of)

07 keep to 繼續在……,堅守(不偏離主題),遵守
（承諾或秘密）

08 keep from 阻止,使不能……,抑制

09 keep away 遠離,追趕,使無法靠近

10 keep together 在一起,維持

Verb 11 什麼都想給的give

01 give up 放棄,讓步,(犯人)自首

02 give out 分給,流出,見底

03 give in 輸,投降,屈服

04 give away 贈送,洩漏,把新娘交給新郎

05 give back 還給,回報,恢復

06 give off 排放(味道),發出(熱氣等),散發(氣
氛)

Verb 12 什麼都可以拉的pull

01 pull up 捲起(袖子),停(車),起身

02 pull down(衣服)放下來,賺(錢),拆毀(建
築物)

03 pull off 拉起來,停車(停到路邊),脫(衣服)

04 pull in(列車)抵達(車站),(警察)解押(犯
人)

05 pull out 拔,撤退,拿出來,結束,(車子)出發

06 pull away 離開,遠離

07 pull back 往後拉,退縮,後退

08 pull together 合力,鎮定

09 pull apart 扯開來,分解,難受,勸架

Verb 13 是掉下去也是掉落的fall

01 fall in(to) 陷入(愛情、昏迷狀態),失誤

02 fall out(頭髮,牙齒等)掉,關係變的不好
（with）

03 fall for 被深深迷住,被騙

04 fall on 跌倒，無視（忠告），在某個日子

05 fall off 從……掉出去，……掉落，……脫落

06 fall down 掉落，倒下

07 fall through 掉落，以失敗收尾，告吹

08 fall behind 落後，耽誤，延宕

09 fall apart 碎掉，精神委靡不振，身體不健康

Verb 14　緊緊握住的 hold

01 hold up 舉起來，支撐，使停頓，使延宕

02 hold down 制止，按著不動，維持

03 hold on 固定，緊緊握著，等待

04 hold off 延期，耽擱，延後

05 hold in 縮進去，忍住

06 hold out 伸出，堅持，還有

07 hold back 強忍（淚水、感情），隱藏，克制

Verb 15　一直轉的turn

01 turn up 提高（音量），出現

02 turn down 調低（音量），變差，拒絕

03 turn into 變成……，改變

04 turn in 提交，睡覺，（到警局）自首

05 turn out 是為……，結果是……

06 turn over 翻過來，翻身，檢舉

07 turn on 開（電源），激起性慾，攻擊

08 turn off 關掉（電源），鎖起來，使人意興闌珊

09 turn to 改變，依靠，求助

10 turn around 轉動，使復甦，逆轉

11 turn away 打發掉，送，不聞不問

12 turn against 變的討厭，反感，背叛

Verb 16　弄碎切斷的 break

01 break up 分手，（通話）掛斷，裂成碎片（into）

02 break down 崩潰（in tears），故障，分類

03 break through 穿破，突破

04 break in 侵入，妨礙（on），使（鞋子、汽車等）逐漸合穿合用

05 break out 逃獄（of），中途離開（of），長（青春痘等）

06 break into 闖入，從中介入，突然開始……

07 break away 離開（from），切斷關係（form），脫離（from）

08 break off 掉出去，切斷（關係、聯絡等），中斷

09 break apart 分散，裂開，分裂

Verb 17　跑、動、流的 run

01 run into 相撞，陷入（麻煩），偶然遇見

02 run out 見底，離開某人（on）

03 run over（液體）滿出來，（被車子）輾過，快速瀏覽

04 run up 跑上去，跑去……（to），（債務）增加

05 run down 滴下來，下來，撞倒

06 run to 跑向……，（數量）達到……，連到……

07 run away 跑走，逃開，逃走

08 run off 逃走，（車子）偏離，流掉

09 run around 跑來跑去，奔波，鬼混

10 run through 無視於……而跑過去，撥弄（以手指頭梳理頭髮的動作），草草瀏覽。

Verb 18　用眼睛看的 look

01 look into 把……仔細看個清楚，調查

02 look out 當心，看外面

03 look for 尋找

04 look up 找（字典等等），（狀況）好轉，尊敬（to）

05 look down 往下看，輕視（on）

06 look back 看後面,回顧過去

07 look around 看……的四周,參觀,環顧

08 look over 大致看過,檢查

09 look through 看穿……,充分檢討,翻找

Verb 19 有助益的help

01 help with 幫助

02 help out 幫助某人逃出去,幫助(解決困難)

03 help into 載(車子),攙扶(進屋內),幫助(入睡)

04 help up 扶起來,幫忙某人上去

05 help on 幫忙穿上(with),幫助某人搭上(交通工具)

06 help off 幫忙扶某人下車,幫忙脫掉(with)

07 help to 幫助某人取得,盡情享用(oneself),隨意自取

08 help through 幫助某人度過

Verb 20 刺入、黏貼的stick

01 stick in 刺入,放入,植入

02 stick out 突出來,伸出來

03 stick at 堅持做

04 stick up(頭)伸直,張貼,袒護(for)

05 stick together 黏,團結,行影不離

06 stick to 貼在……,黏貼上,忠於

07 stick with 緊緊黏在一起,不做改變

Verb 21 挑撿的pick, 落下的drop

01 pick up 收拾,買,載,學會,(銷售等)增加,(病情等)好轉,接聽(電話),追求(異性),接收(頻道)

02 pick out 挑選,找出

03 drop off 使下車,送洗,打盹

04 drop out 輟學,出局

05 drop in 掉進去,順道進去

06 drop around 掉到四周,順道過來附近,發送(印刷品等)

Verb 22 出示的show, 吹走的blow

01 show up 顯露出來,出現(於約定的場所),使人難堪

02 show off 誇耀,炫耀,使顯眼

03 show through 照射,顯露

04 blow away 被風吹走,刮走,使震驚

05 blow out 吹熄(蠟燭),爆胎,離開

06 blow over 吹上去,(暴風雨、消息等)平息下來

07 blow up 飛上去,誇大,變大,(炸彈等)爆炸,對某人生氣(at)

08 blow off 吹掉,消氣(steam),放鴿子,輕視

Verb 23 逐漸長大的grow, 切斷的cut

01 grow into 長成……,成為……,長大後衣服變合身

02 grow out 長(鬍子等等),長大後變得不…………(of),長大後變得不合身[合腳](of)

03 grow on 漸漸被……給吸引,漸漸變得喜歡……

04 cut in 插隊,插嘴,超車

05 cut out 從…………刪掉(of),有成為…………的資質(to be)

06 cut up 切斷,切碎

07 cut down 砍倒,降價,減少(消費)(on)

08 cut back 減少(工作或對健康不良的食物等等)

09 cut away 切掉

10 cut off 剪斷,切斷經濟上的援助,使孤立

Verb 24 舉起來扛著的 **carry**, 經過然後通過的 **pass**

01 carry away 帶去很遠的地方,(被動式)沈迷,失去自制力,做得太過份

02 carry out 執行,履行

03 carry over 傳遞上去,繼續下去(直到其它狀況),結轉

04 carry on 繼續做(進行中的事情)(with),延續(傳統)

05 carry off(病痛)奪走(生命),獲得(獎項),解決(難題),適合

06 carry around 隨身攜帶,抱著

07 pass by(時間、機會)經過,錯過

08 pass out 喪失意識,分發

09 pass for 通到……,被認為是……

10 pass up 錯過(機會等),拒絕,放棄

11 pass on 傳達,傳過去,跳過

12 pass off 順利結束,被誤認為是……(as),充當(as)……

Verb 25 掛起來的 **hang**, 站起來的 **stand**

01 hang up 掛,掛電話,掛某人電話(on)

02 hang out 晾(洗過的衣服),跟……混在一起(with)

03 hang on 等待,堅持,纏著……不放(to)

04 hang around 閒晃,悠哉地度過時間

05 hang over 懸掛……,遮到……,(擔心等等)在腦中揮之不去

06 hang back 猶豫,畏縮不前

07 stand up 站起來,失約,面對…………(to)

08 stand out 顯眼,出眾,傑出

09 stand for 表示……,忍受(not)

10 stand aside 閃避,袖手旁觀

11 stand by 站在……的旁邊,在一旁支持,固守選擇

12 stand back 往後退,閃躲(在某種狀況下),退一步思考

Verb 26 付出金錢跟心血的 **pay**, 工作與運轉的 **work**

01 pay for 付錢,支付,付出代價

02 pay back 還(錢),報仇

03 pay into 匯款,資助

04 pay off 清償,收買,有意義

05 work out 解決……

06 work for 為了……而工作,(藥物)對……有效

07 work on 做……工作,致力於(解決、改善)……

08 work off 忘記……,消除(鬱悶等),減肥

09 work under 在……底下工作,在……情況下工作

10 work around 在周圍工作,努力工作 (the clock),按照……去工作

Verb 27 確認的 **check**, 簽名的 **sign**

01 check in(to) 辦理手續後進入,(搭機時)托運……

02 check out 辦理退房手續,借書,確認

03 check over 檢查,檢討,仔細端詳

04 check on 確認(有無異常),觀察

05 sign away 簽字放棄(財產、權利等等)

06 sign up 簽約受僱,申請……(for),加入……(as)

07 sign in 掛號,在……簽到

08 sign out 借,登出

09 sign on 雇用,加入,登入

10 sign off 結束……,說了……後掛上電話,登出

Verb 28 跨步的 step, 走路的walk, 用腳踢的 kick

01 step in(to) 穿，掉進，介入

02 step out 下車，暫時出去（for）……，脫離（of）

03 step up 奮發，增強，強化

04 step down 卸任，退出（from）

05 step on 踩踏，加速（it），提高到……

06 step off（從交通工具）下來

07 walk into 走進去……，（走路走到一半）撞到……，輕易找到（工作）

08 walk out 走出去，罷工，離開、遺棄（人）（on）

09 walk away 逃離（使不去面對困境），抱走大獎（with），輕易佔據（with）

10 walk off 帶著……離開（with），下去，消除（頭痛或撐飽的肚子）（headache / lunch）

11 walk through 走……的裡面，教某人做……（以循序漸進的方式幫助對方學會、熟悉）

12 kick up 激起，開始病痛，引起（騷動、混亂）（a fuss）

13 kick down 踢倒，破壞

14 kick in（把東西）踢進去，踢壞（從外面踢門等等），發揮效果

15 kick out 踢出去，趕走

16 kick off 脫掉（鞋子），踢開，開始

17 kick around 踢來踢去，討論，輕率地對待人

Verb 29 什麼東西都可以裝滿的fill, 喝的 drink, 煮沸的boil

01 fill with 以……填裝，充滿

02 fill up 裝滿，填滿，塞滿

03 fill in 填寫，告知（訊息），取代

04 drink away 藉酒……，喝酒度時間，因為酒而敗光……

05 drink up 喝光光，喝完

06 drink to 為了慶祝……而乾杯，為了……乾杯，跟……乾杯

07 boil up 煮沸，情緒沸騰

08 boil down 熬燉，濃縮，總結為……

09 boil over 沸溢，暴跳如雷

Verb 30 吃食物也吃人的 eat, 睡覺的sleep, 活著的 live

01 eat up 全部吃完，消費

02 eat into 吃進去，耗費（錢、時間）

03 eat away 拼命吃，吃進去，折磨

04 sleep off 以……的姿勢睡覺，對於……思考了一整夜

05 sleep on 靠睡覺甩掉……，以睡眠消除……

06 sleep away 藉由睡覺忘記煩惱，以睡覺打發時間

07 sleep in 故意賴床，在床上睡覺，在陌生的地方睡覺

08 sleep through 一路睡到底

09 live with 跟……一起住，接受，忍耐

live without 沒有……活

10 live for 把自己貢獻在……，把……視為是最重要的，為了……而活

11 live up 快樂過日子，不辜負（to）……

12 live on 吃……過活，（靠……解決基本生計）維生

13 live off 仰賴，以……維持生計

14 live by 在……身邊生活，遵守規則

15 live through 經歷過……，撐過，活下來

國家圖書館出版品預行編目資料

學英文!?這些動詞、介系詞就夠了!/ 權恩希作;
    李靜宜譯. -- 初版 -- 臺北市:秋雨文化,
    2013.02
        面; 公分
    ISBN 978-986-7120-54-0(平裝附光碟片)

    1.英語 2.動詞 3.介詞

    805.165   102000360

學英文!? 這些動詞、介系詞就夠了!

作   者 / 權恩希
譯   者 / 李靜宜
責任編輯 / 林愷芯
設   計 / 曾瓊慧

出   版 / 秋雨文化事業股份有限公司
董 事 長 / 張水江
總 經 理 / 胡為雯
主   編 / 張筱勤
編   輯 / 林愷芯

電   話 / (02) 2321-7038
傳   真 / (02) 2321-7238
網   址 / www.joyee.com.tw
地   址 / 台北市中正區新生南路一段 50 號 2 樓 200C 室
經 銷 商 / 易可數位行銷股份有限公司
電   話 / (02) 8219-1500
傳   真 / (02) 8219-3383
地   址 / 新北市新店區中正路 542-3 號 4 樓
印   刷 / 長榮國際股份有限公司
出版日期 / 2013 年 2 月初版一刷
定   價 / 360 元
I S B N / 978-986-7120-54-0

영어 동사 , 전치사 무작정 따라하기
Copyright ©2011 by Kwon, Eun-hee
Original Korea edition published by Gilbut Eztok Publishing
Taiwan translation rights arranged with Gilbut Eztok Publishing
Through M.J Agency, in Taipei
Taiwan translation rights © 2013 by Digi-Choice Culture Group

WORLD

せ　かい
世界

あいさつ

VISION

세 계

LEARN IT RIGHT

Learn it with Best Choice！

안 녕

WORLD

せかい
世界

あいさつ

VISION

세 계

LEARN IT RIGHT

Learn it with Best Choice！

안 녕